JN073512

神竜王は異世界オメガに跪く
～発情の白き蜜～

CROSS NOVELS

眉山さくら
NOVEL:Sakura Mayuyama

黒田 屑
ILLUST:Kuzu Kuroda

CONTENTS

CROSS NOVELS

CONTENTS

神竜王は異世界オメガに跪く

～発情の白き蜜～

CROSS NOVELS

Prologue

軽やかな鐘の音を鳴り響かせながら、伝令役の生徒が朝の訪れを伝える。

カーテンを開けて窓の外を見やると、見渡す限りに手入れの行き届いた優美な庭園が広がり、その中央には高くそびえる鐘楼や歴史を感じさせる荘厳な石造りの校舎があった。

——ああ、やっぱり夢じゃなかったんだ……。

目の前に広がるまるで西洋の古城を思わせる優美な景色を見やりながら、璃人(りひと)はため息をついた。

王立ドラグーンロウ士官学校。雰囲気としては、イギリスやドイツの全寮制名門私立学校を想像してくれればいい。だが違うのは、この士官学校は名前の通り王立、つまり王が運営する学校であり、選りすぐりのエリートたちを集め、将来国の要職を担う優秀な上級士官を育成しているということだ。

本来なら自分は、こんなハイソサエティな世界とはほど遠い場所にいる人間なのだ。

成沢(なりさわ)璃人、十八歳。中卒で工場勤めをしている、平凡な日本人男子……だった。

それが今は、世界の中核である十二人の神獣王が創立した王立学院のうちのひとつであるこの士官学校に特例として迎えられ、学生寮への入寮を許された。

王国軍の軍服を参考に作られた、威厳がありながら華もあるデザインの制服を身につけながら、そんな自分にいまだ違和感を覚える。……少し前まで、工場で油まみれのツナギを着ていたというのに。

恐ろしい速度で変わっていく環境に、めまいがしそうだ。なによりも……。

——ああ、いい加減行かないと。あの男を待たせると、ろくなことにならないんだから。

いまだに朝起きるたびに覚える違和感と戸惑いを振り切ると、璃人は意を決して部屋を出て、窓か

ら差し込む朝日に照らされ、磨き上げられた廊下を早足で歩く。すると、

「あン？　また呼び出し食らったか、チビ助」

声をかけてきた青年は、燃えるような赤毛の髪と赤く光る双眸を持ち、さらに彼のこめかみからは
……角が、生えていた。

「……フィッツバーグ先輩」

ここがそういう場所だと分かった今も、やはりいまだに信じがたい気持ちになる。

頭部の角と、尾てい骨あたりから伸びる鱗のある尻尾。それは『竜』の血を継ぐ者の特徴なのだという。ダミアン・フィッツバーグは、竜人族と呼ばれる種族だった。

竜。説明がいらないほどに有名な、最強と謳われし幻の種族。

……そう。ここは日本でもなければ地球ですらない。

竜をはじめとする数々の神獣や精霊が住まう、アトラスフィアというまったく違う世界だった。

――お前はどうやら、我が国にとって久しぶりに遣わされた『異界の御子』のようだ。呪われし我が国に遣わされるとは、不運だったな。

訳も分からず途方に暮れる璃人に、不遜なあの男から告げられた言葉が頭をよぎる。

この世界では璃人のように異世界から人が迷い込むことがあるらしい。異世界から来て、無事適合できた者は『異界の御子』として崇拝され、優遇される国がほとんどというこの世界で唯一、複雑な感情を持ち、反発する王族がいる。それがこの国、ドラグネス王国の王族である神竜族だ。

しかも優雅さと品位を重んじる他国の神獣王が創った王立学院とは一線を画した、武力を重視した実力主義の士官学校として創られたこの学校は暴君竜校とあだ名され、恐れられているという。

お前は不運だと散々言われてきたし、人生思うようにはならないものだと、これまでの経験で分かっていたつもりだった……けれど今置かれている状況は、さすがに璃人の理解の範疇を越えていた。

「相変わらず『異界の御子』だか知らねェが、貧相なナリだな」

ダミアンにドン、と肩を叩かれ、その力の強さに璃人は「わっ」と声を上げて思わずたたらを踏む。

「お、おい…ッ！　そんな、力入れたつもりは…っ」

体勢を崩した璃人に、予想外だったのかダミアンは焦った顔で手を伸ばしてきた。

だがダミアンの手が届く前に、ひょいっと璃人の身体が宙に浮く。

「大丈夫かい、璃人君」

「……あ、ありがとうございます。ステファノス先生」

璃人は後ろから両脇を持ち上げられた状態で、なんとか首をひねってぺこりと頭を下げる。

いつの間に後ろにいたのか、寮監のブルーノ・ステファノスが身体を支えてくれたようだった。

この士官学校では寮を取り仕切る寮監は教官であるだけではなく生徒隊の中隊長も兼ねていて、彼、ブルーノも王国空軍の大尉だ。現役の軍人だけあって、とにかくでかくて力が強い。ほがらかな笑みを浮かべるその栗毛色の髪の生え際には焦げ茶色の角が生えている。彼もまた、竜人族の一人だった。

「まったく、なんて軽さなんだ……璃人君、ちゃんと食事を摂っているのかい？」

「た、食べてます！　って、いい加減下ろしてくださいっ」

軽々と持ち上げられた身体を上下に揺すられ、璃人はムキになって言い募る。

——俺が小さいんじゃなくて、あんたたちがでかすぎるんだって…っ。

元の世界では、お世辞にも大きいとは言えないが、特に小さいというわけでもなかったはずだ。

だがこの士官学校には竜はもとより大型獣の血が入った力の強い獣人ばかりが集まっているせいで、大きくて体格のいい連中ばかりなのだ。

「おい……てめェ、一人で美味しいとこ持っていきやがって……」

横からちょっかいをかけてきたブルーノに、ダミアンが不機嫌そうに唸ったその時。

「――廊下で騒ぐな」

――出た。

揉めている二人を一喝する、低く迫力のある声に、璃人はビクリと肩を震わせる。

「エインズワース先生…っ、失礼いたしましたっ」

ブルーノは璃人を下ろすと、慌てた様子で背筋を伸ばし、敬礼した。

寮内では一番権限を持っているはずの寮監であるブルーノがここまで恐縮するのには理由がある。

ヴィル・エインズワース――この国では特に貴重な異世界人である璃人の護衛兼お目付け役として王国軍からこの士官学校に派遣された、王室直属の空軍特殊竜騎士隊『ＡＳＩＤ』所属の空軍大佐、つまりブルーノの上官にあたる将校……ということになっているからだ。

恐る恐る振り向くと、上等教官の制服を身に着けた男から視線を這わされ、璃人は顔を強張らせる。

この学校の教官は一部を除き、王国軍人から選ばれている。彼は体格のいいこの学校の生徒や教官の中でも群を抜くほどの長身で、隣に並ぶと自分が小人にでもなったかと錯覚してしまうほどだ。

黄金に輝く長い髪、そして澄んだ海を思わせる深く蒼色に輝く瞳。その切れ長の双眸がすがめられると、精悍に整った美貌と相まって思わず息を呑むほどの迫力を醸し出す。

獰猛な肉食獣のような野性味と気品を併せ持った独特の雰囲気をまとったその姿は、一度見れば忘れられない。新任ながら、すでにこの士官学校でも強い存在感を放っていた。

「先生……いつの間に。相変わらず神出鬼没なことで。今日も璃人を見張ッてるンです？」

――ああ……頼むから、あんまり刺激しないでくれよ…っ。

突っかかるダミアンに、璃人はヒヤヒヤしながら心の中で懇願する。

「俺は異界の御子の護衛官でもあるからな。俺を出し抜きたいなら、せいぜい鍛練することだ」

そう言って彼が浮かべた微笑の冷たさに、璃人はゾッとして背を粟立たせた。

「遅くなると始業時間に間に合わなくなる。璃人、来なさい。カウンセリングの時間だ」

カウンセリングと聞いて璃人は固まる。確かに、ここで生活するためには彼の協力が必要なのだが。

教官室の扉を開けてうながされ、璃人は重い足取りであとに続いた。

部屋の中に入り、二人きりになったとたん、彼から立ち上るオーラが濃く強くなる。と同時に、虹彩が爛々とした光を宿し、こめかみからググ…ッと竜の証である大きな黄金の角が耳の上あたりから二本、金糸のような髪を押し退けるようにして姿を現すのを見て、璃人は息を呑む。

「ちょ…ッ、ヴィル、こんなとこで本性出すなってば…っ」

彼から漂う獰猛な雄の匂いを感じたとたん、くらりとして璃人はよろめいた。

まずい、と焦る璃人の手を引き、彼は教官室の奥へと連れていく。

普段みんなも出入りしている教官室の奥に、特別な魔術でつなげられた秘密の通路があって――それをくぐり抜けた先にあるのは、王宮の地下深く、竜脈による大いなる魔力が蓄えられた金銀、宝玉などの美しく稀有な鉱物で埋め尽くされた特別な場所だ。

事情により素性を隠し、身分を偽っているが、この男こそがこのドラグネス王国の国王、ヴィルヘルム陛下――つまり、最強種である竜族の中でも最も濃く神竜の始祖の血を継ぐ者であり、ここは竜の王が英気を養うための主寝室だった。

「まったく……お前はどうしてそう無防備なんだ」

濃くなった彼の雄の気配にふらつく璃人の腰を支え、ヴィルヘルムは嘆息した。

「お、俺だってこれでも努力してる！」

「努力してこの有り様か？　……自分が肉食獣の檻に飛び込んだご馳走だという自覚と危機感が、残念ながらお前には欠如しているようだな」

ゾクリとするほどに凄みのある艶やかな声でそう言って微笑うヴィルヘルムの美しい双眸が、触れそうなほど近くに迫ってきて、思わず息を呑む。

「……や、約束、したはずだぞっ。俺が嫌がることはもう絶対にしない、って…っ」

気圧されるまいとキッと睨み付けつつ、距離を置こうとじりじりとあとずさる。だが逆に壁に追い詰められて、璃人はヒクリと喉を震わせた。

「ああ……すまない、怖がらないでくれ。他の輩には警戒して欲しいが、それでも俺にだけは……」

璃人の強張った頬を撫でながら、ヴィルヘルムは苦しげに眉をひそめ懇願する。

「……ッ」

怖がってなんかいない。そう強がりたいけれど、目の前の彼こそがもっとも危険な肉食獣だということを、自分はもう身をもって思い知っている。

「約束のことは、忘れたことなどない。信じてくれ。二度とお前が望まないことはしないし、危ない目に遭わせない」

気を許してはいけない。そう自分を戒めるけれど、沈痛な表情で誓う彼を見ていると……なんだか胸が疼くような心地になって、璃人は言葉に詰まる。

「言っただろう？　竜は一途なのだ。心に決めたつがいへの誓いは、この命に懸けて必ず守り抜く」

「う…、うん……」

まっすぐな瞳でそう告げる彼に、璃人の身体から少しずつ緊張が解けていく。

その代わり。今度は後ろめたさと心苦しさが押し寄せてきて、璃人の胸が痛みを訴えた。

――分かってるのか？　俺はいつか……あんたの下を離れていくんだぞ。

協力が必要な身でそれを告げることはできなくて、璃人は喉元まで出かかった言葉を飲み込む。

そうだ。自分が望んでここに来た。この学校で、元の世界に帰る方法を探すために。

それにはヴィルヘルムの協力が必要だ。けれど、その協力の内容が問題なのだ。

「……だが、この士官学校にいたいと願ったのは璃人、お前自身だ。ならば、そのために必要な処置を施すのも、お前の望みのうちだ……そうだろう？」

そんな懊悩に気づいているのかいないのか、ヴィルヘルムは艶やかに微笑って、引き結んだ璃人の唇を撫で、返答を促してくる。

「そ、うだけど……まだ、大丈夫なんじゃ……」

今までの常識では考えられないことが数多くあるこの世界に適応するため、璃人の身体に起こった変化。それは――あろうことか『オメガ』という、ヴィルヘルムをはじめとする神獣の強大な力を継いだ種『アルファ』を誘惑するフェロモンを放つ性へと変わってしまったということだった。

しかも恐ろしいことに、この世界では第二の性といわれる『アルファ』においては『オメガ』のフエロモンは男女の性差と比較にならないほど強力に作用し、男の身でありながら、強い雄であればあるほど惹き付けてしまうという厄介な性質があった。

エリートが集うこの士官学校では、生徒は当然『アルファ』だ。そこに唯一『オメガ』である璃人が入り込み、なにも対策しないままふらふら歩けば襲ってくださいと言っているも同然だというのだ。

「気づいていないのか？　今もお前の肌から、ほのかに芳しい匂いがにじみ出してきていて……傍にいるだけで胸がむずむずするような、切ないような……たまらない気持ちになる……」

陶然とした口調でそう告げたヴィルヘルムが漏らした熱い吐息が、璃人の首筋をくすぐる。

「嗅ぐ、な…ってば……っ」

怖い。自覚なんか全然ないのに、制御できない衝動を雄に植え付けているなんて。

「お前からあふれ出そうとしている雄を惑わす体液を、すべて舐め取る――いいな？」

そう言って、特殊な二股に分かれた舌先を見せつけるように舌舐めずりする彼こそ、ゾクリとするような雄の色香を放っていて……璃人はごくりと唾を呑み込む。

ヴィルヘルムの特殊な舌は味だけではなく匂いまで敏感に感じ取る能力があり、快感から生み出される璃人の愛液を特に好み、執拗なほどに舐めたがるのだ。

「……ッ、この……」

――やっぱり、あんたが一番タチの悪い狂暴な肉食獣じゃないか。

毒づこうとした直後、食らいつくように唇を塞がれて、璃人は息をあえがせた――。

1

璃人の前に『それ』が現れたのは、町外れにある小さな修理工場での仕事を終え、姉の待つアパートに帰ろうとしていた時のことだった。

薄暗い裏路地の角を曲がると、なにかがぶつかってきた衝撃とともに、キャウン！　と甲高い鳴き声を上げてアスファルトに子犬らしいシルエットが倒れ伏した。

ぐったりとして動かない青灰色の毛に覆われたその小さな身体を慌てて抱き上げ、改めてよく見てみると、普通の犬にはあり得ないものがあるのに気づいて、璃人は目を見開いた。

子犬だと思ったその生き物の背中には――ふわふわとした羽のようなものが生えていたのだ。

初めて見るその不可思議な姿に戸惑っていると、

『……たす、けて……』

腕の中で、きゅぅ…、くぅ…ん、と子犬から漏れる苦しげな鳴き声に交じり、悲痛な声が頭の中に響いてきて、璃人の困惑は増すばかりだった。

けれどなにかに怯えたように震える子犬を見て、とにかくいったん家に連れて帰ろうとした璃人の前に、通りの向こうからエアガンを持った男たちが現れ、こちらに気づくとはしゃいだような声を上げて追いかけてきた。

その様子に子犬は彼らに追い回されたあげく撃たれたのだと知って、璃人は怒りと恐怖に打ち震えながら、子犬を抱えて追っ手から逃れようと路地を駆け抜けた。

男たちを撒こうと必死に狭い路地に駆け込んで逃げ場を探している途中、ふいに足元から地面がなくなり、勢いよく踏み出したつま先が空を切って――あ、と思う間もなく身体が宙に浮き、次の瞬間、急速に落下していった。

内臓を掻き回されるような強烈な違和感に襲われながら、ひたすら深い闇の中を落ちていく。腕の中で怯える子犬を抱き締めながら、璃人は歯を食いしばった。

――俺、死ぬのか……？

胸によぎったそんな予感に背筋が凍りつき、心が絶望に塗りつぶされて、今までの出来事が走馬灯のように脳裏を駆け巡る。

早くに両親を亡くしてしまったこと。そんな自分を、まだ高校を出たばかりだった姉が、保護者代わりに育ててくれたこと。そして頼れる親戚もなく、悲しみと不安に押し潰されそうな璃人と姉に、昔馴染みのご近所さんというだけで手を差し伸べてくれた工場の社長のこと。

『璃人……あなたは頭がいいのに、高校すら行かせてあげられなくて、ごめんね』

自分が死んだら、姉はどうなってしまうのか。六歳年上のくせに泣き虫で、お人好しで自分のことなんかいつも二の次で、合格した寄宿制の難関校への入学を辞退し働くことにした璃人のことばかりを心配していた。自分こそ、璃人を養うために色々と諦めてきたくせに。

そんな姉を置いて、遠く離れた寄宿学校になんか行けるわけがない。なにより、家族と一緒に過ごす日々がどれほどかけがえのないものだったか、愚かにも失って初めて狂おしいほど思い知ったというのに。中卒で働くことにしたのも、少しでも早く姉を支えられる存在になりたくて、自分で決めた道だ。姉が後ろめたく思うことなど何一つない。

『璃人。お前は一人で抱え込みすぎなんだよ。もうちっと子供らしく素直に甘えとけ』

同じように親を失い、若くして父親の残した工場を継いだ社長は、兄貴のような存在だった。彼が保証人になってくれたり、なにかにつけて面倒を見てくれたりしたおかげで、今の自分がある。

二人に恩返ししたくて、必死に頑張ってきた。そのためにも傍にいたいと願っていたのに。

『またこんな、危ない真似して……っ』

厄介ごとに首を突っ込んでは怪我をして家に帰ると、そのたびに悲しげに顔をゆがませて叱ってきた姉の姿が脳裏によみがえる。

――ああ…、ごめん。ごめんな……。

おっちょこちょいで危なっかしくて、でも家族思いで頑張りすぎる姉を、今度は自分が支える番だと思っていたのに。ただでさえ寂しがり屋の姉を、独り残して逝くなんて……考えただけで、心臓が握り潰されそうなほどに激しく痛んで、璃人の瞳に涙がにじんだ。

だがその直後、カッ！　と目映(まばゆ)いほどの光に襲われて、璃人は目眩(めまい)のあと、意識を引き戻される。

『――我が誓願に応えしは、汝か』

――誰……？

頭の中に響く、どこか禍々(まがまが)しいしゃがれた声。なのになぜか切なげに聞こえるその声に、状況も忘れて問いかけた次の瞬間……璃人は、真っ青な大空の中に放り出されていた。

「うああぁぁ……ッ!!」

璃人は腕の中の子犬をきつく胸に抱き寄せながら、高い空の上から訳も分からず落ちていく。

もう駄目だ。そう思った瞬間――物凄い突風が吹き、まるで璃人の身体を包み込むように、なにかが絡み付いてきた。

「……へ？」

空中落下が止まり、いったい何が起こったのか、と自分の身体に巻き付いたものを見やる。

——なんだ、これ……長くて、鱗があって……まるで……。

大きな蛇のようだ。そう気づいてじわりと冷や汗をかく璃人の目の前で、さらにぶわり、と大きな翼が上下に動いた。

恐る恐る振り向いた視線の先に……同じく白い鱗に覆われた大きな背中、そして黄金色に輝くたてがみと立派な角を生やした後頭部が目に飛び込んでくる。

「ひぁ……ッ⁉」

巻き付いていた大蛇のようなものが、見たこともない巨大な生物の尻尾にしかすぎないことに気づいて、璃人は混乱と恐怖に叫びを上げ、もがく。

『わわ、あばれちゃダメですよっ。おちちゃいます！』

「あっ、ごめん」

聞こえてきた可愛い声に、とっさに謝ってから、璃人は「ん？」と首をひねった。

——えっと……なんか、今度はすごい近くで声がしたような……。

声がしたほうへ視線を動かすと、腕の中で子犬が真似をするかのように「くぅん？」と首をかしげ、つぶらな瞳で見上げてくる。

「お前……なわけないよな」

問いかける途中で、なにを言っているんだか、と自分に突っ込んでいると、

『……ほう。この世界に来て早々、我らの言葉を理解するとはな』

臓腑にまで響く低く威厳のある声とともに、角を生やした巨大な生物の頭がこちらを振り返った。

『お前はどうやら、我が国にとって久しぶりに遣わされた『異界の御子』のようだ。呪われし我が国に遣わされるとは、不運だったな』

言葉を発するたびに、璃人の頭くらい丸呑みにできそうなほど大きく開いた口から、鋭い牙と長い二股の舌が見え隠れする。その光景を目の当たりにして、璃人はゴクリと唾を呑み込む。

鱗に覆われた巨大な体軀を持つ生物が、大きな翼を力強く羽ばたかせて空を悠然と飛び、さらには会話までできる知能を持っている。

そんな特徴に当てはまる生物は、璃人の知る限り実在しない。あえて挙げるとすれば……。

――まさか……ドラゴン……？

叡知を司る神のごとき存在とも、時として邪悪の権化とも称される、物語の中では馴染みのある幻想上の生き物らしきものが今、自分の目の前にいる。

とても現実のこととは思えない。もしかして自分はあのままどこかに落ちて意識を失って、こんな突拍子もない夢を見ているんじゃないだろうか……そんな考えが頭をよぎった時、

『いかいのみこ？　ほんとうですかっ？　ヴィルヘルムへいかっ』

興奮した様子で尻尾を振りながら、子犬が声を張り上げる。

ドラゴンだけじゃなくて、子犬も喋っている。

――ああ…、やっぱこれ、夢だな。

そこまで考えたあと、璃人の意識は暗転したようにプツリ、と途切れた。

「んん……ッ」

頬をふわりとしたものがくすぐる感触に、璃人は唸り声を上げる。

「め、目覚めたようですぞ！」

そう叫ぶ男の声とともに周囲から起こったざわめきで意識が覚醒し、璃人はガバッと飛び起きた。

「は……？」

視界には、自分をぐるりと取り囲む、見慣れない人々の姿。……しかも、彼らが着ているのはまるでファンタジー映画から出てきたような衣装ばかりで、なにより驚きなのは、その頭からはまるで猫やウサギのような耳、さらには牛のような角、背には鳥のような翼、腰から尻尾など——璃人の常識ではおよそ考えられないモノが生えているということだった。

——え、本物……なわけないよな？

そう思いつつも、彼らの耳や尻尾の毛並みや角のあまりにリアルな質感に圧倒されていると、

「すみません、みこさまっ。ぼくのせいであぶないめにあわせてしまって…っ」

寝かされていた石の台座の上で呆然としていた璃人に、愛嬌のある褐色の顔をくしゃくしゃにして、少年が涙目で詫びてくる。この少年の声には聞き覚えがある。青みがかった灰色の髪の毛と、その頭でぴるぴると震えているふわふわの毛に覆われた犬耳にも。

「え…と、もしかして、君は……」

——いや、俺はなに馬鹿なことを口走ろうとしてるんだ。そんなわけ……。

「はいっ！　ぼく、あなたにたすけていただいた、いぬれいぞくのリアムですっ」

そう言うが早いか、少年がその小さな身体を翻した瞬間、ボフンッ、と背中に羽の生えた柔らかな毛並みの子犬に変化した。


――犬耳や尻尾以外は、普通の少年に見えた子が……この子犬？

否定しようとした信じがたい出来事を、力いっぱい肯定されたどころか、決定的証拠を目の当たりにして、璃人の背に、たらりと冷や汗が伝う。


――え？　どうなってるんだ、これ……もしかして俺、まだ夢見てるのか？

現実のこととはとても思えなくて、ただただ呆然としていたけれど――不意に、ズンッ、と地響きのような音とともに空気が重くなり、ただならぬ気配に本能的な危機感を覚え、肌が粟立つ。


『目覚めたか。異界の御子よ』

鼓膜を震わせる重々しい声に、璃人が恐る恐る振り向くと……白金に輝く鱗と黄金色の見事なたてがみ、そして頭には立派な二本の角と、広い背に大きな翼を生やした巨大な生物が、そこにいた。

その蒼色の双眸に真正面から射貫かれた瞬間、身体中の血が沸き上がるようにしてカッと腹の底が熱くなり、ドクン、と心臓が大きく脈打つ。


『……ッ⁉』

白金の竜もまた、驚いたように息を詰め、信じられないといった様子で璃人を見つめる。

『……お前、まさか……』

グッと眉を寄せ、白金の竜が確かめるように璃人の頬へ手を伸ばす。

その大きな指で触れられたとたん、バクバクとさらに心音は激しくなり、全身にさらに激しく血が巡って熱くなっていく感覚に見舞われる。

現実離れした世界に放り込まれ、どこかもやがかかったようにふわふわしていた意識が、突然、畏怖さえ覚えるその圧倒的な存在によって否応なく覚醒させられる――――そんな感覚に襲われて、璃人は息を震わせた。

「ヴィルヘルム陛下…ッ、もしや、この者も堕落してしまったのでは……!?」

『騒ぐな。引け』

怯えをにじませた声とともにざわめく周囲の人々に、白金の竜は一喝すると再び璃人に向き直った。

『異界の御子よ……俺の言葉は、分かるな?』

鱗に覆われたごつごつした見た目に反し、そっと頬に触れてくる巨大な白金の竜の手のひらの感触。

分かる。分かってしまう。

彼の言葉だけじゃない。非現実的な存在であるはずの竜の、なめらかで少しヒヤリとした手のひらのリアルな感触。思わず大きく息を吸い込んだ時、肺に流れ込んできた、その巨体から放たれる今まで嗅いだことのない独特の体臭。

気づきたくなかったのに。

鮮明になった五感を通じて、これが現実のことなのだと……直感的に理解してしまった。

「ここ……いったい、どこなんだよ……」

ごくり、と唾を呑み込んで震える喉をなだめ、璃人は問い質す。

訳が分からない。様々な動物の特徴を併せ持った人々。いきなり少年の姿から子犬に変わってしまったリアム。そして……今、目の前には、幻想の生き物でしかないはずのドラゴンが、吐く息まで感じるほど近くに存在しているだなんて。

『ここはドラグネス王国。アトラスフィアと呼ばれる世界にある国のひとつで――つまりお前が暮らしていた世界とは別の、異世界だ』

白金の竜に突きつけられた事実に、一瞬目の前が昏くかすむ。

日本ではないどころか、およそ自分の常識では考えられない世界に突然放り込まれただなんて……そんな荒唐無稽な話、誰が信じられるというのだろう。

「……嘘、だろ……？」

『現実だ。お前は我が国に降り立ち、世界に適合することができた久方ぶりの異界の御子なのだ』

願望を込めてそう口にしてみたけれど、白金の竜に厳然と言い渡された言葉を裏付けるように、感覚はますますクリアになっていく。改めて自分の置かれた状況を実感したとたん不安と恐怖がドッと押し寄せてきて、璃人は身を震わせた。

「堕落…、していない？　ほ、本当に、この方は異界の御子となられたのですか…っ⁉」

『――俺の言葉が信じられないか？　皆の者よ』

白金の竜の言葉に、浮き足立っていた周囲の人々は恐縮した様子で頭を垂れ、静まり返る。

『俺はこの国の国王、ヴィルヘルム。お前の名はなんという？』

石造りの広間の大きな窓から差し込む光を浴びて神々しいほどの威厳を帯びた白金の竜――ヴィルヘルムは、璃人のあごを上向け、顔を覗き込んで尋ねてきた。

「……璃人。成沢璃人」

間近に迫る白い鱗に覆われた竜の相貌に圧倒され、緊張に引きつる喉をなだめてなんとか答えた。

『璃人というのか。異界の御子よ』

「その異界の御子、ってなんなんだよ……第一、俺が別の世界に来たってどうして分かったんだ？」

とにかくこの訳の分からない状態をなんとかしたくて、意を決して問い返すと、

『ふむ。まずはそこから説明すべきか。すまないな。先ほども言った通り、異界の御子を迎えるのは久しぶり……確か七百年ぶりか。なのでこちらも不馴れなのだ』

ヴィルヘルムの返答に、とりあえず話が通じない相手ではなさそうだと璃人は胸を撫で下ろす。

『この世界では時折、空間に歪みが生じ、「次元の狭間」と呼ばれる別の世界へとつながる門が発生する。その時、稀に異なる世界から人が流れ着くことがあるのだ。お前のようにな』

「え…っ。それなら、その門を通れば逆に元の世界に戻れるってことだろ？　だったらもう一回、俺をあそこに連れてってくれよ！」

正直、理解できないことばかりだが、とにかく元の世界に戻りたいという一心で璃人は懇願する。

『それはできない』

「なんで…ッ」

『おそらく、先ほどの次元の狭間はすでに消え失せているだろう。我らにとってもいまだ謎に包まれた存在で、発生自体も突然なら、たどり着く先もその時々で変化する。もしも運よくまた次元の狭間を見つけ、そこに飛び込んだとしても、流れ着くのはお前のまったく知らない世界の可能性が高い』

即座に断られた苛立ちに詰め寄る璃人に、ヴィルヘルムは静かな口調でそう諭した。

『しかも、次元の狭間から飛ばされた世界に受け入れられるとは限らない。その世界に適合できなかった場合、最悪、死ぬか……その世界の摂理に反した、「魔獣」と呼ばれる化け物に成り果ててしまう。

皆が恐れていた、異世界人に起こる「堕落」とはそういうことだ。特に我が国では、堕落し魔獣化してしまう異世界の者が多い。璃人、お前はとても稀な存在なのだ』

下手したら、この世界に飛ばされたあの瞬間、自分は死んでいたか、化け物になっていた……？

周囲の人々がどこか怯えたようなまなざしで自分を見ていた理由を知って、璃人は突きつけられたあまりの衝撃的な事実に言葉を失う。

『それでも、偶然元の世界に当たるかもしれないという不確実でわずかな可能性に賭けて、次元の狭間に飛び込むというのか？』

「……ッ」

元の世界に戻れなければ、死ぬか、化け物になるか。

それらがどれくらいの確率か分からないけれど、賭けるにはあまりに無謀すぎるということだけは、ヴィルヘルムの口調からも痛いほど伝わってきて、璃人はうなだれた。

「ごめん、なさい……ぼくのせい、ですよね……ぼくがあなたをまきこんじゃったから……」

リアムと名乗った少年が、か細い声で詫びる。

「ぁ……」

犬耳を伏せ、萎れたように身体を縮こまらせて罪悪感に震えるその姿に、胸が苦しくなる。

そんなことない。だって、自分が勝手にしたことなんだから――。

言わないと。そう思うものの、その反面、もしも……彼を助けようとなどしなければ、自分は何事もなくいられたのだろうか、そんな醜い考えが胸の奥から湧き出してしまって、璃人は口ごもる。

『そこにいる犬霊族の子、リアムは突然発生した次元の狭間に吸い込まれてしまったんだ。しかし璃人、お前のおかげで再びこの世界に戻ってこられた。先ほども言ったが、一度次元の狭間で他の世界に落ちたら最後、戻ってくるのは至難を極めるはずだが……』

「じゃあ、やっぱり元の世界に戻る方法があるってことなのか…っ？」

かすかに見えた可能性に飛び付いた璃人に、ヴィルヘルムは一瞬、顔をしかめたあと、

『……かもしれないが、リアム自身、記憶が曖昧になっているらしく、詳細は分からないし、ただの偶然という可能性もある』

ぽつりと言った。

「偶然、って……本当に、そう思ってる……？」

彼はなにかを隠そうとしている。璃人の直感が、そう告げていた。

「畏れながらヴィルヘルム陛下。璃人様がリアムとともに現れた時、恐ろしいほどの強大な魔力の奔流を感じました。璃人様はただの異世界からの迷い子ではない可能性がございます」

押し黙るヴィルヘルムに、様子を見ていた人垣の中から灰色の髪に犬のような垂れ耳、そして長いふさふさの尾を生やした柔和な印象の男性が進み出て口を開いた。

「璃人様、私はここにいるリアムの父、サイラス・ギャレットと申します。貴方様が我が息子を救ってくださったとお聞きしております。親として、そして犬霊族の長として厚く御礼申し上げます」

サイラスと名乗った垂れ耳の男性はそう言って胸に手を置き、深々と頭を下げた。

言われて改めて見てみると、ふさふさの毛に覆われた垂れた犬耳の形や少しタレ目の優しげな雰囲気が二人、よく似ていた。

――そう、だよな……この子にも家族がいて……でも、俺にだって……。

サイラスは「少し外で待っていなさい」と言い聞かせリアムを側近に預けて席を外させると、

「陛下。もしや璃人様は『神降ろしの石』に導かれたのではないでしょうか」

思い詰めた表情でおもむろに切り出した。

『――その名前を口にしてはならぬと言ったはずだが』

「出過ぎた口を利いてしまい、申し訳ございません、陛下。ですが堕落せず、異界の御子となられたのならば、璃人様には特別な力が宿ったはず……もしかしたら、我が国の秘宝である『神降ろしの石』を取り戻す手がかりが得られるやもしれません」

ヴィルヘルムの叱責に頭を垂れながらも、サイラスはさらにそう進言する。

「あのっ、俺、その話もっと教えて欲しい！」

二人に割り込むようにして、璃人は叫んだ。

両親を失い、姉弟二人きりになった時、自分は誓ったのだ。姉を、決して一人きりにしないと。

自分が姿を消して、姉がどれだけ心配しているか。想像しただけで、胸が張り裂けそうだった。

少しでも、元の世界に戻るヒントが欲しい。遠慮なんかしている場合じゃない。悲しみに沈んでいる場合でもない。元の生活に、姉の下に戻るために戦わなければ。

璃人は覚悟を決めて大きく息を吸い、見上げるほど高くにあるヴィルヘルムの顔を挑むようにキッと睨みつけると、

「あんた、言ってただろっ。俺はこの世界に適応できた稀な存在だって。特別な力ってのは、まだよく分かんないけど……俺の力が欲しいなら、知ってること全部話せよ！　それが礼儀ってもんだろ」

腹に力を込めて声を張り上げ、啖呵を切った。

相手が国王だろうが竜だろうが、下手(したて)になんか出てやるもんか。主張すべきことは声を上げ、言葉にしなければ。ただでさえ見知らぬ場所に放り込まれ、味方もいない状態なのだ。黙っていても相手のいいように事を運ばれるだけで、異を唱えないということはそれを甘んじて受け入れるのと同義だ。

なにか特別な力が宿っている、なんて実感は全然なかったけれど、ヴィルヘルムはそれを鋭く嗅ぎ取り、欲している……そんな確信めいた予感があった。

見下ろしてくる巨大な竜の威圧感に、干上がりそうになる喉をなだめ、なんとか唇を引き結んで耐えていると、ふいに彼の口からふう…っ、と大きな吐息が漏れる。そして、

『……サイラスが言う通り、今回の件、「神降ろしの石」が関わっている可能性が高い』

観念したように、ヴィルヘルムはそう告げた。

「神降ろしの石、って……?」

『異界の御子は本来、偶発的にできた次元の狭間に巻き込まれて迷い込み、この世界に適応できた稀にして特別な存在だ。だが――神降ろしの石は普通なら制御できない次元の狭間を操り、異世界から御子を自分たちの意思で呼び出す奇跡を起こす神器であり、王家に受け継がれる我が国の秘宝だ』

異世界から人を呼び出せる、ということは、もしかして。

「その石を使えば、俺の元いた世界に戻ることもできるのか…⁉」

『……おそらく。俺はまだ神降ろしの石をじかに見たことがないから断言はできないが』

そうであればいいと渇望した可能性を肯定され、璃人の胸に歓喜が湧き起こる。

「だったら…ッ」

神降ろしの石とやらで元の世界に戻して欲しい。そう懇願しようとしたが、

『言っただろう。神降ろしの石を見たことがないと。王として受け継ぐはずのその秘宝が、先々代の時代に王家から奪い去られていたからだ……！』

怒りと無念さを孕んだ咆哮が熱風のような竜の息とともに吐き出され、その有無を言わせぬ迫力に気圧されて璃人は言葉を呑み込んだ。

『私利私欲のためにドラグネス王国唯一無二の国宝「神降ろしの石」を奪い去り、いまなお国を荒らす大罪人、……あの男だけは、決して許すわけにはいかない』

国王であるヴィルヘルムにそこまで言わせるなんて。

「その人……そんなすごいんですか？」

憤怒をにじませるヴィルヘルムを労しそうな表情で見やるサイラスに、璃人は恐る恐る尋ねる。

「……ええ。とてつもない力の持ち主です。ですがいまだ行方をつかめずにいるのはそれだけが原因ではなく、国の秘宝である神降ろしの石の存在を公にするわけにはいかず、大っぴらに捜索することができないという事情もあるのです」

「……神降ろしの石って、存在を隠さないといけないくらいヤバいものなんですか」

「この世界の国々は、異世界から来た者たちから得た未知の文化や知識などを取り入れてきたおかげで様々な発展を遂げてきました。だからこそ様々な恩恵をもたらす存在として敬意を込め『異界の御子』とお呼びしているのですが……そんな存在を、神の気まぐれを待たずして自分たちの意思で自由に呼び出すことができる宝がある。こんなことを知れば、他国の者が黙っているわけがございません」

世界の理を自分の都合のいいように変える力。璃人の感覚で言えば、タイムマシーンや瞬間移動装置のようなものだろうか。確かにそんなものがあればみんな躍起になって欲しがるだろう。権力者たちが我先にと血眼になって探し、奪い合い……その結果、どんなことになるか想像に難くなかった。

「……『神降ろしの石』で数多の恩恵を受けていた我が国は、その存在を失って以降、反動のごとく、次元の狭間からは『堕落』し化け物となった者しか現れなくなってしまい……璃人様は、約七百年ぶりに我が国に降り立った異界の御子なのでございます」

七百年。ということは、ヴィルヘルムの言う「あの男」は七百年以上生きていることになるのか。

璃人にとって途方もない数字を当然のごとく言い放たれて、改めてこの世界が自分の常識外の異世界なのだと思い知る。

「その事実は伏せて今はなんとかやり過ごしておりますが、我が国の異変には他国も薄々気づいてきているでしょう。大事になる前に取り戻そうと、我々も必死に行方を捜してはいるのですが……」

『ああ。我らもなにも手を打っていないわけではない。腹立たしいことにいまだにあの男は、秘宝を我が物のように使い続けているからな。次元の狭間が発現するためには膨大な力を必要とし、その力の波動を感じ取ることでどこに狭間が発生するか予測することができる。璃人、お前があの場所に現れるのを事前に知ることができたのも、強力な魔力の渦の存在を察知したからだ』

ヴィルヘルムにそう明かされ、空から突然現れた璃人たちをタイミングよく助けに来てくれたのはそういうことだったのかと納得する。

「神降ろしの石によってこの世界に適合すると認められ召喚された御子は、降臨したのちに特別な能力を授けられると言われております。璃人様が今、この国に呼び寄せられたのにも、かならずや理由があるはず。璃人様、どうかお力をお貸しくださいませんか」

『――待て。璃人は来たばかりでなにも分かっていないんだぞ。異界の御子といっても万能でも無敵でもない。それに魔力の源である竜脈が数多く通い、魔素が強いこの国の環境は、異世界から来た者には過酷すぎる。下手に行動させるのは危険だ』

璃人に改めて願い出るサイラスを、ヴィルヘルムが制止する。

「そうでございます！　今は安定しているように見えても、時を経て『堕落』してしまう可能性もありえます。そもそもその者が異世界の知識でこの世界に恵みをもたらすとは限らないのですぞ…！」

『……この通り、我が国の民は御子に対して偏見を持つ者も多い。こんな小さな身体に、我らが担うべき重責と未来を背負わせるつもりか』

側近から上がった懸念の声を受け、ヴィルヘルムは璃人を眺めたあと、諭すように告げる。

――『堕落』って、時間が経ってから起こることもあるのか……!?

最初に世界に適合したらもう大丈夫なんだと思っていたのに。

――最悪、死ぬか……その世界の摂理に反した化け物に成り果ててしまう。

ヴィルヘルムの言葉がよみがえり、抑えていた怯えが再び湧き出してくる。それでも――

「ひとつ、条件がある」

グッと拳に力を込め、胸に巣食う恐怖を振り払って璃人は切り出した。

「神降ろしの石とやらを取り戻したら、俺を元の世界に帰すって約束してくれ。そしたら、危険だろうがなんだろうが、なんとしてでも絶対に取り戻す…！　今は信用してもらえてなくても、俺だってちゃんと役に立つって認めてもらえるように、頑張るから」

元の世界に戻るために戦う。そう決めたのだ。だったらここで足踏みしていていいわけがない。

「誓うよ。そのためだったら俺、なんでもする」

ヴィルヘルムを見上げて告げると、彼はぎゅっと苦しげに顔を歪め、

『なんでもするなどと、軽はずみに言うな…っ。お前はまだ、自分のことをなにも理解していない』

焦りとも憤りともつかない口調でそう言い募った。

「え…、え、と……」

ヴィルヘルムの思いがけない反応に、璃人は戸惑って口ごもる。

「陛下。ならば璃人様にドラグーンロウ士官学校に通っていただく、というのはいかがでしょう」

『なに……？』

サイラスの提案に、ヴィルヘルムは驚いたように目を見開いた。

「士官学校はこの竜王宮に隣接しており、神竜王の加護を受けた学校でありますゆえ外部からの侵入も難しく、璃人様の身の安全を守るのにも適しております。今はまだここにいらっしゃったばかりで右も左も分からないでしょうし、同じ年代の生徒たちに交じってこの世界や国の知識を深めていただきながら、魔力についても学ぶことによって、御身に与えられた力の目覚めや、理解を促すこともできましょう」

「士官学校って……そこに行くの？　俺が……？」

「ええ。ドラグーンロウ士官学校は、十二人の神獣王が創立した生え抜きのエリートたちを育成する王立学院のうちのひとつであり、我が国が誇る教育機関。異界の御子である璃人様にふさわしいかと存じます」

サイラスの説明に、璃人の胸はトクン、と高鳴る。

神の加護を受けた、選ばれし者のみが通うことができる学校。まるで、璃人が昔憧れて、そして諦

めた名門校のようで――

「確かに……それはよい考えではないでしょうか。ドラグーンロウ士官学校は全寮制で、常に優秀な教官たちの厳しい監視の目もございます。万が一『堕落』しそうになった際も、素早く対処することができるかと存じます」

――対処……って、どうするつもりだよ……。

あくまで警戒を解かずに側近たちが口にする「対処」という単語に含みを感じて、背筋に冷たいものが走る。だが、

「それでいいよ。もし俺が、この世界に適合できなくなって化け物になったら……どうにでもしてくれて構わない。けど、絶対そうはならない。必ず俺は、俺のままで元の世界に戻るから」

璃人は覚悟を決めてうなずくと、そう言い切った。

元の世界に戻るためにも、ここで怯むわけにはいかない。

『神降ろしの石』という一筋の希望が見つかったことで、右も左も分からず途方に暮れ、不安に満ちていた心に、少しずつ落ち着きが戻ってきた。

周りがサイラスの意見に賛成する中、ヴィルヘルムだけが竜鱗に覆われた眉間にシワを寄せ、唸る。

『璃人、お前がドラグーンロウ士官学校に通っても問題ないかどうか……確かめたいことがある』

険しい表情で言う彼に、璃人の胸がざわめく。

『だが、少し考えをまとめる時間が欲しい。部屋を用意させるから、その間お前は休むといい』

いったい問題とはなんなのか。問いかけようとする璃人を遮るようにそう言い残し、ヴィルヘルムはその威厳ある巨軀を翻えして広間を立ち去った。

2

そして従者に案内されながら地下深くまで下りてたどり着いたのは、床と壁面が乳白色の大理石でできており、家具には金銀で繊細な細工が施され、いたるところに宝玉が埋め込まれた、まるで宝物庫のような豪奢な部屋だった。

そんな絢爛豪華な部屋に一人、ぽつんと取り残され、ジリジリとした焦燥感を抱えつつ璃人はソファの上で身体を強張らせる。

――生意気なこと言ったから、怒らせたかな……。

いくらみんなが勧めてきたといっても、王立、というくらいなのだ。おそらく王が全権を握っているだろう。その王であるヴィルヘルムが駄目だと断じたら、それが鶴の一声になる。

いやそれでも声を上げたからこそ元の世界に戻るための希望と道筋が見えたわけで、たとえどんな問題があったとしても絶対、諦めたりするものか。

不安に呑み込まれそうになる気持ちを首を振って振り払い、そう自分に言い聞かせる。

そしてどれくらい経ったのか……ふいに扉がノックされる音が響き、璃人はハッとして顔を上げた。

「ど…、どうぞ」

ついに来たか。

ごくりと唾を呑み、意気込んでソファから立ち上がる。

そして開かれたドアから現れた人影を見て……璃人は思わず固まった。

――え…？

そこにいたのは、璃人が見上げるほどの長身に逞しい体軀を持つ美丈夫だったのだ。

見事な金色の髪にふちどられた、雄々しさと優美さを兼ね備えた白皙の美貌。

軍服を思わせる肩章のついた白地に金の装飾が施された礼服を羽織り、白いドレスシャツに黒のタイ、そして黒に銀の刺繡の入ったジレが、手足が長く厚みのある均整の取れた身体をさらに精悍に引き立てている。

凛然としたその姿に、思わず見惚れてしまって……璃人の唇から、感嘆の吐息が零れ落ちる。

美形の男性は、まっすぐにこちらに向かって歩を進めてくる。そしてその恐ろしいくらい整った相貌を近づけられて、思わずドキリとしてあとずさりそうになった、その時。

――あ、あれ……？

こんな美形、初めて見た。そのはずなのに、なぜかどこかで会ったことがあるような。そんな不思議な感覚に戸惑い、思い切って璃人も男性の顔をまじまじと覗き込んでみた。

彼と目が合い、その深く澄んだ蒼色の瞳を見た瞬間、

「え…、ヴィルヘルム、陛下……？」

考えるよりも先に口をついて出た言葉に、自分自身驚いてしまう。

リアムみたいに犬耳とか尻尾とか、分かりやすい共通点があるわけでもないのに。

「……気づいたか。やはりな」

男性がそう漏らすと同時に、強い覇気があふれ出すのを感じ取って、璃人の肌がゾクリと粟立つ。

「な……ッ⁉」

突如として彼の耳の後ろあたりから大きな二本の角、そして尾てい骨から太く長い尻尾が姿を現すのを目の当たりにして、璃人は驚きに声を上げた。

「驚かせてしまったか。俺は神竜の末裔として、皆に畏れ崇められる立場だ。民たちにとって、このような凡庸な人の姿など不要。だから基本、人前に王として姿を現す時は竜の姿しか見せないのだ」

そう説明するヴィルヘルムに、璃人は呆気に取られつつ、人型となった彼の姿を眺める。

――いや……この際、立派すぎる角と尻尾は置いておくとしても、こんな超絶色男が凡庸、っていうのはちょっと、どうだろう……。

少なくとも自分の世界でこんな常人離れした美形がいたら、大騒ぎになりそうだ。

「だが、常に竜の姿でいるというのは都合の悪いことも多くてな。人の姿となった時は、竜の証である角と尻尾を隠す術を使い、王という立場も伏せて行動している」

「えっと……一応、事情は分かったけど……どうして今、その姿になったんだよ」

竜から人へと変化することや身体の一部を隠す力など、とても信じがたいことだが、もうそれは自分の常識とは異なる世界だから、で納得するしかない。しかしわざわざヴィルヘルムが秘密にしているはずの人の姿になって現れた理由が分からなくて、璃人は眉をひそめ問い質す。

「……どうしても、確かめたいことがあったからだ」

「それってもしかして、俺がドラグーンロウ士官学校ってとこにふさわしいかどうか見極めるのに必要なこと？　あ、だとしたら、合格だよな⁉　俺、王様だってこと、ちゃんと見抜いたし――」

「璃人。落ち着いて、俺の話を聞いてくれ」

詰め寄る璃人に、ヴィルヘルムはそう切り出してきた。

真剣な目でじっと見つめられると一気に緊張がぶり返してきて、璃人はごくりと唾を呑み込む。

期待と不安を抱えつつじっと言葉を待つ璃人に、彼は一瞬、苦しげに顔をしかめたあと、

「璃人――――お前を、ドラグーンロウ士官学校に入学させるわけにはいかない。むしろ近づくことを全面的に禁じる」

しかつめらしい表情で厳然と言い渡した。

「は……？」

突きつけられた宣告に、璃人の頭の中が真っ白になる。

なにか事情があるのだろうとは思っていたけれど、まさかここまで取り付く島もないほど否定されるとは、さすがに考えていなかった。

「嘘、だろ…っ。そもそもなにが問題なのか、言ってくれよ……！　どこが駄目なのか、教えてくれたら、なんとしてでもクリアできるように頑張るから…っ」

せっかく見出した希望を諦めてたまるものか。不安要素があるというのなら、それを解決する方法を見つければいい。

「……そういう問題ではない。努力でどうにかできるものではないからな」

「じゃあ、なんでだよ…ッ。結局、俺が信用できないから……あんたも俺が化け物になるって思ってるから、拒否するんだろ…っ」

痛ましそうな表情で見つめながらもあくまで拒絶するヴィルヘルムに、胸の中で渦巻く不安と焦燥、そして憤りが一気に膨れ上がり、こらえきれず璃人は叫んだ。

「断じて違う……！」

けれど、苦しげにしかめた顔でそう訴えてきた彼に、思わず璃人は固まる。

「先ほども言ったが、人としてのこの姿は本来は王として秘すべきものだ。信用できると……心を許した相手でなければ到底、このように無防備に晒すことなどできない」

彼は真剣な目で見つめ切々と言い募り、興奮に震える璃人の肩へそっと触れてきた。

「あんたは……俺を信用してる、っていうのか？」

「ああ。この部屋に招き入れたのも、お前を特別な存在と思っているからこそだ」

探る目を向ける璃人に対して、ヴィルヘルムはあくまでまっすぐに見つめ返し、答える。

「ここ、って……」

改めて部屋を見回しながら璃人が問うと、

「俺の主寝室だ。この部屋に使われている内装はすべて竜脈の中で育ち大量の魔力を含んだ希少な鉱物で造られ、さらにこの王宮の地下自体が竜脈が走っている稀有な場所で、俺にとって唯一心安らげる場所だ。この王宮の心臓部とも言えるこの部屋にこうして招いたのは、お前が初めてだ」

ふいに顔を近づけ、熱のこもったまなざしで見つめながらそう囁いてくるヴィルヘルムに、一瞬、ドキリと心臓が大きくはねる。

そんな自分にうろたえて、璃人は首を横に振ると、

「う、嘘つけ…っ、だったらどうして、頭ごなしに士官学校に行くのを反対したりするんだよッ」

キッとまなじりを上げてヴィルヘルムを睨み付けた。

信用しているとか特別だとか、いくら言葉を並べられたところで意味がないのだ。今の彼の行動は、元の世界に戻るための糸口を必死につかもうとする璃人を無慈悲に突き放すものでしかないのだから。

だがヴィルヘルムはまったく微動だにせず、憤りを込めた璃人の視線を静かに受け止めると、

「璃人。この世界には、アルファとベータ、そしてオメガという三つの性の種類がある」

厳粛な声でそう語りはじめた。

「この国には神獣や精霊を祖先に持つ者がいて、その中でも祖先の血を色濃く受け継ぎ、強力な魔力を有するのが、アルファ種。そして大多数の一般的な者がベータ種と呼ばれ……オメガはそのどれでもない、ある意味アルファよりも特殊で希少な種だ」

「それがなんだって言うんだよ？　俺の世界にはそんなもんないし、そんなこと今は関係ないだろ」

突然、話題を変えられて、はぐらかすつもりかとますます募る悔しさに、璃人はギリ…ッと音がするほどに歯を食いしばる。

「いや、この世界に適合した時点で、お前にも無関係な話ではなくなっている。……元の世界の常識とは違うというのならおそらく、ここにたどり着いた時から変化が起こり始めたのだろう」

「だから、いったいそれがなんの……っ」

意味が分からない話を続けられ苛立ちを隠せない璃人を、ヴィルヘルムはまっすぐに見据えると、

「お前はオメガだ。璃人」

低くひそめた声で、そう断言した。

「は……？」

「問題となるのは、オメガ種の最大の特徴である、力が強すぎるがゆえになかなか着床しないアルファ種の子種を宿しやすいという性質だ」

――子種？　宿しやすい……？

彼の台詞は耳に入ってくるものの、その内容を理解することができなくて、璃人は呆然とする。

「つまり、アルファとオメガはまるで異なる磁極のように本能的に惹かれ合う関係であり……アルファはオメガの魅力に抗うことはできない。特に、発情期のオメガが放つフェロモンには、絶対に」

その双眸に危うい光を宿し、ヴィルヘルムは璃人の頬をそっと撫でてきた。

「………ッ?」

軽く指先で触れられただけなのに。瞬間、璃人の肌にゾクリとした痺れが走る。

――なに、今の……？

戸惑う璃人の頬をなぞりながら、ヴィルヘルムは吐息を漏らすと、

「ドラグーンロウ士官学校に集まるのはいずれ国のために指揮を執って民を導き、必要とあらば身をなげうって戦うリーダーとなる素質を持つ、選りすぐりのアルファたちだ。そんな中にオメガであるお前が放り込まれようものならどんなことになってしまうか……お前には想像もできないだろう」

歯がゆそうにそう言って射貫くような視線を向けた。

「そ、れは……でもっ、きちんと教えてくれれば俺だって…っ」

「なら、教えてやろう」

そう言うが早いか、ヴィルヘルムは璃人の腰をきつくつかみ身体を抱き上げてきた。

「ひぁ…ッ？　な、に……」

突然のことに抵抗できず、うろたえている間に璃人は続きの間へと運ばれ、その奥に備え付けられた大きな寝台に下ろされる。

「王である俺は、この国を創った神竜の血をもっとも濃く受け継ぎ特にアルファとしての本能が強い。

だというのに、お前は俺の目の前でそんなきょとんとした顔をして……」

体勢を整える暇もなく、璃人の上に覆い被さってくる、逞しく引き締まった体軀。

「オメガであるお前がアルファの前で無防備な姿を見せるとどうなるか、身をもって知るがいい」

「……なに、言って……」

咎めるように言う彼の表情は、したたるような雄の艶に満ちていて……璃人は混乱しつつも思わず見入ってしまう。

「ああ……こんなにも華奢で、あまりに無自覚で……なのに、お前が他の、しかも血気盛んな若いアルファたちの群れに放り込まれるなど、許せるわけがない…ッ」

唸りを上げるようにそう呟いてヴィルヘルムは顔をきつくしかめると、腕をつかみ璃人の身体を拘束してきた。

獰猛な気配を帯びて迫ってくるヴィルヘルムに、本能的な恐怖に襲われて璃人は唇を震わせる。

「や……は、放せ、よ…っ！」

なにがなんだか分からない。けれど、このままだと取り返しのつかないことになりそうで、璃人は迫ってくる身体から急いで逃れようと身をよじった。

ヴィルヘルムの顔が近づいてきて、とっさに顔を背ける。すると、

「……ッ⁉」

彼は鼻先を璃人の首筋に押し当て、大きく息を吸い込んでくる。

驚きと、熱い吐息が皮膚の薄いところを撫でる艶かしい感触に、璃人は身体を硬直させた。

「お前の肌……瑞々しくて、胸が疼くような官能的な匂いがする……こんな魅惑的な香りは、今まで

嗅いだことがない……」

陶然とした声でそう呟いたあと、ヴィルヘルムはゆっくりと顔を上げ――振り向いた璃人と目が合った瞬間、彼の雰囲気が、変貌した。

「璃人。お前こそ私の運命の相手だ。一目見たときから俺は、お前が欲しくて欲しくてたまらなくて……こうして傍にいるだけで、胸が狂おしいほど高鳴って……苦しいんだ」

熱を孕んだ瞳でヴィルヘルムはそう告げると、璃人の手を取り自身の胸に押し当てる。

「ぁ……ッ」

激しく脈打つ心臓の音が、手のひらから伝わってきて……それを感じているだけでなぜか璃人まで動悸が激しくなって、思わずうわずった声を漏らしてしまう。

囁いてくる低くかすれた声も、艶やかに笑うその相貌も、したたるような男の色香に満ちていて……。まだ異性とまともに付き合った経験もない璃人ですら、その凶悪なほどに濃い雄のフェロモンを感じたとたん、背筋がゾクゾクするような痺れを覚えて、思わず生唾を飲んだ。

そんな璃人の惑う姿を見下ろしながら、ヴィルヘルムはくすぐるように目尻をなぞってくる。

「お前も、俺に欲情してくれているんだろう…？　そんなに瞳を潤ませて、俺を見つめてきて……」

興奮にうわずった声でそう言って、もう片方の手でつなぎのボタンを外していく。

「そ、そんなわけ…っ、やッ、変なことすんな、っ……んんッ⁉」

ハッと我に返り、はだけた部分を押し広げてこようとする手をつかみ睨みつけると、たまらない、というように眉を寄せたヴィルヘルムにくちづけられる。

「ああ……そんな泣きそうな目で見つめないでくれ。どうにかなってしまいそうだ」

わずかに唇を離し、吐息とともにそう告げると、彼はさらに唇を深く重ねてきた。

「なに、言って……んぁっ、や、だ…っ、ん、くぅ……ッ」

長い舌で口腔をかき混ぜられる。その生々しい感触に怯え、璃人は呼吸すらままならなくなる。

重なってきた固く引き締まった胸板から、布越しにも伝わってくる、体温と心音。

なんだか、変だ。まるで彼の熱が移ったかのように身体が火照り、胸が苦しいほど高鳴って、腹の奥が熱いような、きゅうっと疼くような……奇妙な感覚に見舞われる。

「ぁ…っ」

いつの間に脱がされたのか、くちづけに翻弄されている間につなぎは腰まで押し下げられていて、あらわになった胸を彼の手が這う。

「なんて手触りだ。少し汗ばんで手に吸い付くような肌も、愛らしく勃ち上がった乳首も……」

「ひぃ、ん…ッ！」

乳首を引っ掻くように刺激され、璃人はその刺激におののきながらもなんとか制止しようと力を振り絞り、身をよじらせる。

「分かるか？　乳首の先から、少し白く濁った雫がにじみ出してきているだろう。これはオメガが快感を覚えた時に分泌される愛液だ」

ヴィルヘルムはそう言って璃人の乳首からしたたる雫を指ですくい取り、目の前に差し出してきた。

確かに言う通り、ほのかに白っぽく濁った、明らかに汗などとは違う液体が彼の指を濡らしている。

「ッ……お、おかしいよ……こんな……っ」

男である自分が、まるで母乳のようなもので胸の先を濡らしている。しかもそれは目の前にいる美しくも雄々しい男性に身体が反応してしまっているせいだなんて。

　ありえない。あまりに受け入れがたいこの状況に、頭が変になってしまいそうだ。

「なにもおかしいことなどないさ。元の世界にはなかった性のようだから、戸惑うのも無理はないが……俺の愛撫に応えて、身体がオメガとして成熟しようとしている。これが今のお前だ、璃人」

「や、あぁ……違、ぅ……俺、おれ、は…ッ」

　突きつけられる信じ難い現実に、璃人は恐れおののき、首を振ってなんとか否定しようともがく。

「怖がらなくていい。俺が、すべて教えてやる」

　そう言ってヴィルヘルムは恥辱と混乱にあえぐ璃人の胸へ顔を寄せると、震える尖りへなだめるように舌を這わせてきた。

「やだ…っ、くぅ…んっ！　やめ……ひぅ…ん、あぁ……ッ」

　そのまま舌の腹で押しつぶされたかと思うと、舌先で巧みに胸の粒をこねられて、璃人の唇からこらえきれず嬌声が零れ落ちる。その拍子に下腹部に強い疼きが起こり、なにかが蠢(うごめ)くような感覚と同時にじわり、と下腹部で濡れる感触がした。

「……ッ!?」

　粗相でもしたのかと焦り、恐る恐る足の付け根を見やる。

　そんな反応に気づき、彼は璃人の脱げかけたつなぎの中へ手を忍ばせ、下腹部へと触れてきた。

「なッ、や、やめ……っ」

「濡れているな……」

　慌てて制止するものの、ヴィルヘルムは構わず下着越しに璃人の双丘の狭間にまで手を這わせ、そう呟いた。

言われなくても、空気に触れたとたんの冷たさや皮膚に下着が張り付く感触で分かっている。

「は、離せ、よ…っ、汚い、だろ……」

恥ずかしさと情けなさに、璃人はたまらず涙声で訴える。だが、

「そんなわけがないだろう」

ヴィルヘルムはそう言って下着の隙間から下腹部を濡らすものをすくい取ると手を顔の近くまで持ってきて——あろうことか、指にしたたる雫をおもむろに舐め、唇に含んだ。

その光景に思わず呆気に取られ、ぽかんと口を開いて彼を見つめる。

「ば、馬鹿、馬鹿…ッ、なんてことしてんだよ……！　び、病気になるぞっ」

次瞬間、ハッと我に返り、璃人は顔を真っ赤にして叫んだ。

信じられない。

——粗相をしたことをフォローしてくれたのかもしれないけど、いくらなんでもこんな……っ。

羞恥と憤りが入り交じり顔をくしゃくしゃにする璃人に、ヴィルヘルムは怪訝（けげん）そうな表情になると、

「なぜ、オメガの分泌液を舐めて病気になるんだ？　お前が俺の愛撫で零した愛液だぞ。むしろ全部舐め取って、飲みほしたいくらいだ」

平然とそう言ってのけ、名残惜しげに指を舐めて艶然と微笑う。その唇から覗くヴィルヘルムの舌は長細く、先が二股に分かれた独特の形状をしていることに気づく。

その異形に、彼が竜人であり、自分の常識で量れる存在ではないのだと思い知る。

「オ、オメガの分泌液、って……まさか、これも……？」

「ああ。男型のオメガは、後孔の奥に子を作るための子宮と、それにつながるオメガの器官ができるからな。そこから分泌された愛液が零れてきているんだ」

そして彼の言葉に、璃人自身もこれまでの自分ではなくなってしまったのだと突きつけられる。

「うそ……そんなの、嘘、だ……っ」

ありえない。男である自分に子宮ができて、しかも男の愛撫で濡れ、後孔から愛液を漏らすなんて。

あまりに受け入れがたい事実に呆然としている間にも、彼は璃人の脚を押し開き、もはや足元に引っ掛かっただけの状態になっていたつなぎを取り去ると、その間に身体を割り込ませてきた。

「な、なに、して……っ」

さらに後孔へと指を這わされる感触に、璃人は驚いて目を見開き、叫んだ。

「お前の世界にはなかったこの世界の摂理をいくら話しても理解できないだろう。だったら実際にどうなっているのか、自分の身体で体感すればいい」

そう言って、後孔の中へとゆっくりと指をもぐり込ませてきた。

「や、やめ……くうぅ…ッ」

内奥を這う彼の指が腹側の襞を探るように擦り上げてくる。その異物感に璃人はたまらずうめいた。

「普通ならば男性に決定した時点で退化するはずの子宮が、オメガは前立腺の奥できちんと育ち、発達する。そして前立腺にあたる部分が子宮に続く器官へと変化し、普段は固く閉ざされているその入り口は、性的に興奮し、雄を求めると同時に開いていくんだ……ほら、こんな風にな」

言いざま指先が襞の一部に押しつけられたかと思うと、つぷぷ…、とヴィルヘルムの長い指が内壁の中へと一気に沈み込んでいく。

「んぁ……っ！　な、なに、これ……いや、だ……あぁ……ッ」

突然、ありえない場所が開かれるという理解しがたい現象とともに襲いくる強烈な違和感、そして重く痺れるような感覚に璃人は大きく首を打ち振るう。

本当に、自分はもう今までとは違う身体になってしまったのだ。

その事実を認めざるを得なくなって、璃人はたまらず瞳から涙をあふれさせた。

「璃人……泣かないでくれ」

ヴィルヘルムは璃人の目尻に溜まった雫を指で拭うと、苦く頬を歪めて囁く。

「オメガになったばかりで、慣れない身体に酷なことをしているのは分かっている。だがこれでも、俺も必死に我慢しているんだ。本当は、今すぐにでもお前の身体を貪りたくて、たまらなくて……」

獰猛に唸り、彼は璃人の首筋をねっとりと舐め上げながら、開かれたばかりの孔にもぐり込ませた指を蠢かせてきた。

「ひぁ…ッ、や、あぁ……くぅ……っ」

注挿を繰り返す指は、熱を帯びた媚肉を擦り上げては溜まった分泌液を掻き出すように引き出していく。濡れた粘膜に与えられる刺激に、璃人の身体はたまらずビクビクと震えながら、さらなる愛液を生み出していってしまって……。

そんな自分の姿を熱っぽい視線で見下ろしてくる彼の視線に、羞恥とも高揚感ともつかぬ情動が奥から湧き上がり、全身が熱く火照る。

「璃人……まだオメガの自覚もない無垢な身体なくせに、たまらなく蠱惑的で……お前を、他の誰にも触れさせたくない」

ヴィルヘルムは低い声で囁くと、首筋を軽く食み、まるで味わうかのように肌に舌を這わせていき……そして、先ほどよりもさらに固く尖った乳首へとくちづけを落とした。

「くぅ…ッ、い、やぁ……んんぅッ」

胸の先を舐めねぶられ、ちゅくちゅくと音を立てて吸われて、募る快感に璃人は首を振って逃げようともがく。けれど咎めるように後孔に突き入れられた指に身体の中心をきつく穿たれ、璃人はその衝撃とともに襲い来る鮮烈な快感に頭が真っ白になり、抵抗もままならなくなってしまう。

「ひぁ…ッ！　うぁ…、も、もう、や…、あぁ……んんっ」

性感を覚える場所として作り変えられたばかりの器官を刺激されるたび、未知の官能が押し寄せてきて……まるで快楽の蔦が全身に絡み付き、内側から支配されていくような感覚に璃人は怯え、ままならない身体をびくびくと波打たせながら甘く濡れた悲鳴を漏らす。

ヴィルヘルムは確かめるように内奥を指でかき混ぜると、ふいに乳首から唇を離し、璃人の膝裏を持ち上げ、双丘を割り開いてきた。

「ああ……すごいな。もうこんなに襞が真っ赤に熟れて、濡れてひくついている……」

そして下腹部に顔を近づけ、しとどに蜜を零す後孔をなぞりながら感嘆の声を漏らす。

「んぁ…っ、だ、ダメ、だ、そんな、やぁぁ……ッ！」

さらに後孔を指で押し拡げられて舌をもぐり込まされ、璃人は驚きと羞恥に顔を真っ赤にして抗おうと身をよじった。

けれど長い舌にずぶずぶと腸壁を擦り上げられ、二股の舌先でちろちろと前立腺をくすぐられると襲いくる愉悦に力が入らなくなって、抵抗もままならなくなる。

このままでは、本当に戻れなくなってしまう。

そんな恐怖に脅かされ、これ以上この異常な快楽に流されまいと唇を食いしばって耐えていたが、

「ひあぁ…ッ⁉」

穿つようにして膨らんだ内壁の中央でひくつく入り口へと舌を突き入れられた瞬間、身体を駆け昇る鮮烈な快感に目の裏が赤く染まり、こらえきれず璃人の口から声が零れた。

ヴィルヘルムの舌が秘められた内奥をこじ開け、うねりながら襞を擦り上げてきたかと思えば、愛液を掻き出すように巧みに舌先をくねらせながら引き抜かれていく。彼の一際長い舌は、通常なら届かないような場所にまで這い、ざらりとした感触を伴って敏感な粘膜を刺激していった。

「くぅ…っ、んんっ！　や……そこ…っ、んあぁ……ッ」

その強烈な感覚に頭が真っ白になり、唇から壊れたように嬌声があふれ出た。

押し寄せる悦楽の波に呑まれ、ビクビクと身体を震わせながら、胸を喘がせる。

後孔からあふれ出る愛液を喉を鳴らし、味わうようにして呑み干す音が聞こえたあと、

「軽く達したようだな。もうここまで感じるようになるとは……呑み込みが早くて、素直な身体だ」

顔を上げたヴィルヘルムはそう言って、ちろりと舌を出して愛液で濡れ光る唇を舐め、微笑った。

その艶やかな表情を見たとたん、ズクリ…と身体の奥が熱く疼き、飢えにも似た情欲が沸き起こり、璃人は瞳を潤ませた。

未知の快楽に負けて達してしまったということもショックだったが、いまだ身体を支配する熱と疼きは治まるどころか増していて……もっと欲しいと望んでしまう自分が、恐ろしかった。

おかしくなってしまいそうな強烈な快楽から逃れたくて、璃人は下腹部へと手を伸ばした。

「は、あぁ……ッ、ん、く……」

早く、この快楽の沼から解放されたい。その一心で勃ち上がった陰茎を手のひらでこすり、指先で先端からあふれる先走りを塗りつけて刺激する。

自分を慰める痴態を、ヴィルヘルムに見られているのは分かっている。その食い入るような熱い視線を感じて恥辱にまみれながらも、それでも男としての馴染みある快感で塗り替えたくて、すがるようにして陰茎に指を這わせていった。

「んあぁ…ッ！　くうぅ……んッ」

高みに達し、璃人はビクビクと腰を跳ねさせながら陰茎から白濁した体液を放つ。

これで、欲求は治まるはず。そう思っていたのに。

「ぁ、あ……なん、で……っ」

欲望を吐き出したはずなのに、疼きがやまない。

それどころか、さっきよりもさらに内奥にわだかまる熱は増し、苦しいくらいに膨らんでいく。

「オメガが発情状態になると、自慰では治まらないどころか酷くなるだけだぞ。オメガの愛液には催淫作用があるからな。満たされる方法はただひとつ——アルファの精液を、体内に取り込むことだけだ」

うろたえる璃人に彼は言い聞かせるように告げると、刺激を求めて震える後孔へとくちづける。

「そ、んな…、ひぅっ、ぁ…んっ……いや、だ……や、あぁ…ッ」

達した直後で鋭敏になった後孔をちろちろと舌でなぞられて、そんな自分を受け入れることができなくて璃人はただかぶりを振る。

「また蜜があふれ出してきたぞ。俺に発情して、こんなに欲しがってくれているんだな……璃人」

乳首と身体の奥から次から次へと生み出される分泌液を舌と指ですくいとりながら彼は感嘆の声を漏らす。

違う。そう言いたいのに。璃人の思いとは裏腹に、ヴィルヘルムの唾液と分泌液にまみれた乳首は貪欲に快感を求めて痛々しいほどに赤く熟れたように尖り、内奥は熱く疼いて指を誘い込むようにうねり、さらなる愛撫を欲していた。

「あぁ……いや、だ……俺、おかしい、よ……こんな…っ」

浅ましい反応を示す己の身体に罪悪感を募らせおののく璃人のひたいに、彼はくちづけを落とすと、

「おかしいことなどなにもない。受け入れてくれ。オメガであることも、そして……俺のことも」

乞うようにそう囁くと、内奥にうずめていた指をゆっくりと引き抜いていった。

身体の芯を穿っていたものがなくなり、安堵より、喪失感を覚えてしまう。

そんな自分に戸惑っている間に、ヴィルヘルムは身を起こして乱暴にタイを引き抜くと、ドレスシャツのボタンを外していく。

彼の鍛え抜かれた胸板から腹筋まであらわになっていく。

その圧倒的な造形美を持った身体から立ち昇る雄の匂いに、目眩を覚える。なぜか心臓が痛いほど脈打って、息が苦しくなる。

魅入られたかのように目を離すことができずにいる璃人の前で、さらにヴィルヘルムはトラウザーズの前立てをはだけ、猛々しく昂ったものを取り出した。

「……ッ！」

彼のそれは欲望を孕んで恐ろしいほどにそそり勃っていて……大きさ、逞しさはもとより、反り返った幹にはごつごつとした突起がいくつもあり、明らかに自分のものとは違っている。そのあまりに禍々しく凶悪な姿に、璃人はヒュ…ッと鋭く息を呑んだ。

脚裏をつかまれて腰を高く抱え上げられ、無防備にさらけ出された双丘の狭間に凶暴な形状をした昂ぶりが擦り付けられる。

「ああ……お前の肌は、熱いな」

竜の性質なのか、それとも璃人が異常に熱を発してしまっているのか。ヴィルヘルムのペニスは激しく昂っているのに、触れた部分は少し冷たく感じた。

だが、それが火照った今の璃人にはかえって心地よく、ぼこぼことした見た目に反して薄い皮膚をなめらかに這う昂ぶりの感触に、思わず吐息が漏れてしまう。

「ぁ…ッ?」

そのまま後孔のふちへと昂ぶりをあてがわれ、璃人は目を見開く。

まさか。

「初めてで怖いだろうが……決して乱暴なことはしない。俺を信じて受け入れてくれ」

怯えの目を向ける璃人に、ヴィルヘルムは切なげに眉を寄せると、情欲にかすれた熱っぽい声で囁きながら腰を密着させてきた。

「あ、ぁ……」

彼の身体から強い香りが立ち昇り、璃人の鼻をくすぐる。嗅いだだけで情欲を掻き立てる、獰猛な雄の匂い。その圧倒的なフェロモンに誘発され、璃人の身体は燃えるように火照っていく。

「身体はもう準備ができているようだな……ほら」

そう言うと彼は指で後孔を押し拡げ、自身の先走りと璃人の愛液に濡れた昂りをもぐりこませた。

「うぁ…っ！　ま、待って……や、だ…あぁ……ッ」

逞しい昂ぶりが、後孔の中へと入り込んでくる。

「大丈夫だ……璃人、力を抜いて」

ヴィルヘルムは璃人の目じりに溜まった雫を唇で吸い取って囁いた。

「あぁ…ッ、やぁ……中、入って……っ」

自分がオメガであると受け入れてしまえば、元の世界への手がかりを失うことになる。

後孔を拡げられていく強烈な違和感に喘ぎながら、なんとか彼の厚い胸板を押し返そうとあがく。

「ひぅ…ッ？　くうぅ……んんっ！」

けれど前立腺を幾度も往復するようにして擦り上げられ、全身に走る甘い痺れに、璃人の手から力が抜けて、抗うことすらままならなくなってしまう。

狂暴な昂ぶりはそのまま存在を知らされたばかりの孔へと少しずつめり込んでいって、愛液でぬめった襞を掻き分けて奥に秘められたオメガの器官へと入り込んできた。

「苦しいだけではないんだろう？　ほら、また勃ってきているぞ」

ヴィルヘルムはそう言って、璃人の陰茎へと指を這わせてきた。

「んぁ…ッ、もぉ…そこ…触らないでくれよ……っ、やだ…ぁ……っ」

身体を奥深くまで穿たれながらも、璃人の陰茎は萎えるどころか増すばかりの欲望に張り詰め、蜜をしたたらせる。少し触れられただけで身体の奥にまで疼きが募り、自分がこの異常な行為で快感を得ているのだと突きつけられる。それが悔しくて恥ずかしくて、璃人は涙声を漏らす。

「恥じる必要などない。俺を受け入れてこんなに乱れてくれるとは……なんて可愛い、璃人……」

ヴィルヘルムはうっとりとした口調で呟くと、璃人の内腿を撫でた。

「ッ…、くぅ……ん…っ」

ゆっくりと、疼く内壁を擦り上げながら昂ぶりが引き抜かれていく。

今まで内奥を埋めていたものから解き放たれる感触とともに押し寄せる、圧倒的な快美感。その目眩がするような感覚に、込み上げそうになる嬌声を歯を食いしばって必死にこらえようとする。

「――あぁ…ッ！」

けれど先端の一際太い部分が秘められた孔から抜ける瞬間。つま先まで痺れるような快感が走り抜け、璃人は身体を大きく痙攣させ、声にならない悲鳴を上げる。

「ああ……大分ほぐれてきたな。もう、押し付けただけで呑み込んでくるぞ」

「んぁ…ッ、や、んん…っ、違、ぅ……こん、な……あぁ……！」

蜜に濡れた襞を掻き分けて、昂ぶりが再び深くまで突き入ってくる。

次々に生み出される愛液で蜜壺となった内奥を掻き回され、苦しさに混じり、痺れるような甘美な感覚が走りぬけて、そのありえない感覚に璃人は怯え、首を打ち振るって叫んだ。

異常な行為だといくら拒もうとしても、ヴィルヘルムの昂ぶりに身体の奥まで侵食され、どうしようもなく満たされ、恍惚を感じる自分がいた。

このままでは、今までの自分ではいられなくなってしまう。

芽生えたばかりの性感に蝕(むしば)まれ、これまでの自分を壊されていく。そんな恐怖に喘ぎながらも、今まで味わったことのない鮮烈な愉悦に、抗うすべなどなくて……。

「すごいな。お前の中……痛いほどきつく締め付けてきて、なのに中はとろとろにとろけて、からみついてくる…っ」

たまらない、というようにブルリと肩を震わせ、ヴィルヘルムが唸り、腰の動きを激しくする。

璃人の熱が伝わって彼の昂ぶりも同じように熱くなり、互いの粘膜が馴染んでいって……違和感は消え、快感だけが募って、身体が苦しいほど火照る。

厚ぼったく腫れてむず痒さを覚える内壁を擦り上げられ、掻き回される愉悦に、痺れるほどの快感を覚えてしまう。

「ぁ……んッ。や…っ、駄目……やぁ……強すぎる……そんな…しないで……んあぁ……んっ！」

突き入れられるごとに璃人の腰は淫らに跳ね、彼の常人離れした太く逞しいものを後孔にくわえ込みながら、唇から零れ落ちる嬌声はすすり泣くような切羽詰まったものに変わってゆく。

「璃人……俺の、ものに……」

熱い吐息交じりにヴィルヘルムはそう呟いて、璃人のうなじへと牙を立てた。

それと同時に、彼の限界まで滾（たぎ）った熱塊は熟れ切って疼く内壁を一際きつく擦り上げ、激しく脈打ちながら璃人の最奥に熱い飛沫を放っていく。

「んあぁ――…ッ!!」

その衝撃で目の裏に火花が散り、痺れるような強烈な快感と甘美な充溢感が全身を貫いて、璃人はそのまま意識を失った――

「――ひと……璃人」

頬を撫でてくる感触とともに艶やかな声が鼓膜を震わせて、璃人はゆっくりと目を開ける。

「ん…っ、ぁ……？」

自分の状況をすぐに理解することができず、覗き込んでくるヴィルヘルムを呆然と見つめ返すと、

「……よかった。ぐったりして動かなくなったから心配したぞ」

彼は困ったように眉をひそめそう言って、安堵の吐息を漏らした。

「お前はこういった行為が初めてな上に、オメガになったばかりの身体だからな……なにか思いがけない不調が起こったんじゃないかと生きた心地がしなかったが、無事でよかった」

労るような手つきで内腿を撫でられた拍子に、璃人の後孔がひくりと反応して、中からとろとろと透明な愛液に混じって白濁した精液があふれ出してくる。

「……ッ」

その感触にギョッとして、璃人は目を見開く。

太ももに伝い落ちていくそのありえない感触に、朦朧（もうろう）としていた意識の中、自分が男の欲望を受け入れてしまったことを思い知り、燃え尽きてしまいそうなほどの屈辱と羞恥に、璃人の全身が震える。

――思い出した。

今、目の前にいるこの男は、自分を強引に押し倒して、その上……。

「殊勝なこと言うな…っ！　お、俺がやめろって言おうが気を失おうが、何度も何度も……全然やめようとしなかったくせにッ」

そう。恐ろしいことに、この男の昂ぶりは達したあともまったく治まることがなく、一度は意識をなくした璃人にさらに挑みかかってきたのだ。

揺さぶられ目覚めさせられては過敏な粘膜を擦り上げられ、過ぎる快感に逃れようとする璃人のうなじを噛んで動きを封じ、容赦なく貪ってきた。

あれはセックスなんて生易しいものじゃない。まるで野獣の交尾だ。

「発情期のつがいとの性行為というのはそういうものだ。そもそも普通ならば一週間前後はあの状態が続くんだぞ。まだお前はオメガになったばかりで発情の周期が安定していないからか、一晩で治まったようだが……」

しかしヴィルヘルムは悪びれるどころか、璃人がゾッとすることを平然と言い放つ。

「誰がつがいだっ。俺はあんたとそんなもんになった覚えなんかないぞ！」

あの状態が一週間とか冗談じゃない。少し残念そうに見える彼の表情が余計に腹立たしくて、璃人はキッと彼を睨み付けて叫んだ。

「証拠ならある」

「……は？」

さらりとそう切り出され、思わず璃人の口から間の抜けた声が出た。

「あの時は朦朧としていたために、自覚がないのも致し方なし、か。それにどうやらつがいの仕組みについての知識もないようだしな」

「っ……だったら、その証拠とやらを出してみろよ」

物分かりの悪い子供に理解を示す、といわんばかりの彼の態度にムッとしつつも尋ねる。すると、

「互いに高ぶっていた時、俺がお前の首筋を食んだのを覚えているか？　その痕が残っているだろう。ほら」

ヴィルヘルムは側にあるチェストから手鏡を取り出して璃人に手渡し、うなじに指を這わせてきた。手鏡を覗き込み、指で示された場所を見ると――そこには確かに、肌にくっきりと紅く浮かび上がる痕があった。

「なに、これ……噛み傷？」

そう言えば何度も首筋を食まれ、牙を立てられた覚えがある。かといって、少しジンジンとはするもののそこまで痛いというわけでもない。むしろ、無理矢理開かされた身体の奥のほうがよっぽど……。

屈辱的な記憶のはずなのに、同時に与えられた途方もない快感もよみがえりそうになって、璃人は熱くなった頬を隠そうと顔を伏せた。

「痛むか？　だが定着すればじき治まるはずだ。少しの間我慢してくれ」

人の気も知らず、ヴィルヘルムは気遣わしげにそう言ってそっとうなじを撫でる。

「これは婚姻印といって、俺のような神獣族のアルファがつがいと定めたオメガと交わった際、うなじを食むことでできる痕で、ずっと消えることなく、一生を共にする伴侶の証として肌に刻み付けられる。こんな風にな」

「一生を共にする」という彼の言葉に驚愕し、璃人はガバッと顔を上げた。

「お、俺…っ、そんなことに同意した覚えなんかない……ッ」

勝手に一生を決められてたまるかと、璃人はぶんぶんと首を横に振り、声を張り上げて主張する。

婚姻というのは、璃人の常識では両者の合意に基づいた上で交わされるものであって、家族を作るための大事な儀式だ。決してこんな獣じみた行為によって交わされるべきものではない……はずだ。

「今、俺が話しているのは形式上の結婚とは根本的に違う。婚姻印というのは発情期に互いに昂ぶった上で効力が発揮される。これは本能的な結び付きであり、理性で制御できるものではないんだ」

それでも彼はあくまで揺るぎない姿勢で、これがこの世界の常識なのだと突きつけてくる。

「さらにただのつがいではなく、稀に『運命のつがい』と呼ばれる、魂同士が強烈に惹かれ合う相手が生まれることもある。神獣族ならば誰もが焦がれ、一生を懸けてでも探し求める尊い存在だ」

そう言うと、彼は首筋に顔を埋めてきた。

「初めてお前に出会った時からずっと感じていた。お前のこの、嗅いでいるだけで胸が高ぶり疼くような匂い……お前が『運命のつがい』なのだと確信している」

璃人のうなじに鼻先をつけて深く吸い込むと、彼はうっとりとした声でそう断言する。

「お前に俺の天命を捧げよう。寿命を分かち合い、共に生き、死すら共に迎えるために」

「な……」

「竜は永すぎる寿命を持つゆえに、孤独を抱え生まれてくる。だから伴侶となるものは己が半身として一途に愛し、その証として己の寿命を分け与え、一生を添い遂げるんだ」

――寿命を分け与える……って、この人の？　そしたら俺、普通の人間じゃなくなるのか……？

ヴィルヘルムの宣言に、璃人は青くなる。

信じがたいことだが、もしそれが本当ならば、到底受け入れることなどできない。

「お前も感じたはずだ。目を覚ました時、俺を食い入るように見つめていただろう」

なのにそう問われて、竜の姿の彼を目にした瞬間の、まるで頭のもやが晴れてなにかが目覚めるような不可思議な感覚と、身体の奥が沸き立つような高揚を思い出して、璃人はうろたえる。

「……ッ、し、知らない……俺は、なにも……」

彼の言葉を認めるわけにはいかなくて、必死に首を横に振り、否定した。

「……まあ、まだオメガとして目覚めたばかりのお前には、理解しがたいのかもしれないな。これから時間をかけて分かってくれればいい。俺もそのために努力しよう」

けれどその言葉を聞いた瞬間、璃人の中にわだかまる熱が一気に引き、ぎゅっと唇を食いしばる。

「……時間、なんて……」

「ん……どうした？　どこか痛みが――」

うつむいた璃人の震える肩に、ヴィルヘルムが触れようとした、その時。

「俺はッ、少しでも早く元の世界に帰りたいんだ！　ずっとそう言ってるだろ……ッ」

璃人は彼の手を思いきり払い落とし、泣きそうになるのをグッとこらえ、叫んだ。

「あんたたちと同じように、俺にだって家族がいるんだ！　いきなりいなくなって、姉ちゃん……どれだけ心配してるか…っ」

口にしただけで、忽然と消えた自分を捜し泣いている姉の姿が浮かんできて、目頭が熱くなり、璃人は言葉を詰まらせる。

「俺…っ、我慢、するのは慣れてる……だから、元の世界に戻るために必要な試練なら、どんな苦しいことでも耐えてみせる。そう思ってたよ」

元の世界に戻るための近道だと思ったからこそ、焦る気持ちを抑えて勧められるままに士官学校に行こうと決心もした。自分の力が必要だというなら、こっちもできる限り協力しようとも思った。

「けど…っ、あんたは、俺の意思を無視して、邪魔ばっかしようとする……！　そんなんで、惹かれてたとか、運命のつがいだとか言われて、納得なんかできるかよ…ッ」

感情の高ぶるままに、璃人は顔をくしゃくしゃにして叫ぶ。

そんな璃人の顔を驚いた様子で見つめると、

「……泣かないでくれ……」

ヴィルヘルムは苦しげに眉を寄せ、熱くなった璃人の目尻をなぞりながら困ったように呟いた。

「泣いてない…っ」

目の前はかすむけど、かろうじて涙は流れていない。だから自分は泣いてなんかいない。

そう言い聞かせ、絶対に零してたまるかと唇をきつく噛み締めて込み上げそうになる涙をこらえた。

「姉、か……正直に言えば、肉親にそこまで思い入れるお前の気持ちが、俺には分からない。一生を共にするつがいのほうが俺には重要で……お前は、俺のつがいとなるのが嫌というのか？」

途方に暮れた様子でぽつりと呟いて、彼は璃人のまなじりに浮かぶ雫をそっとすくい取る。

「肉親から離れるのは、確かにつらいだろうが……信じてほしい。いやしくも俺も竜人族の王だ。俺が全身全霊をかけて、お前をこの世界で最も幸せなつがいにしてみせよう」

そう告げる彼のあまりに一途な想いに、美しく燃え立つような熱を孕んだ瞳に……一瞬魅入られそうになった自分を、璃人はぎゅっと拳を握り締めて戒める。

彼に貫き通したい気持ちがあるように、璃人にも譲れない想いがあるのだ。

「だから、そういう問題じゃないって言ってる…っ。それが分かんない限り、絶対にあんたのつがいになんてならない……‼」

そう叫んだ刹那――璃人のうなじが沸き立つようにカッと熱くなり、ほのかな光を帯びる。

「……ッ⁉」

ヴィルヘルムは眩しげに目をすがめ、驚愕の表情で璃人のうなじを食い入るように見つめてきた。

「婚姻印が、消えた……？　そんな、ありえない……っ」

愕然とする彼の言葉に、璃人は慌ててもう一度手鏡で確認すると、確かにうなじに刻まれていた噛み痕が綺麗に消え失せていた。

今まで泰然としていたヴィルヘルムが、自分以上に驚き、焦りの表情を浮かべている。

何が起こったのかと混乱する気持ちはあるけれど、それよりも散々自分を振り回してきた彼に一矢報いることができたという思いが璃人の胸を満たす。

「ありえない、だって？　俺はここに来て、ずっとそんな思いばっかしてきたんだ。ちょっとは俺の気持ち、分かったかよ」

今まで溜まっていた鬱憤をぶつけると、彼は困惑した様子でううむ、と唸った。

「俺を運命の相手だっていうなら、もっと俺の意思を尊重しろよ！　どうしても俺をつがいにしたいっていうなら、その上で俺の意思を変えるくらいしてみせやがれ！」

さらにビシッと指差してそう言い渡すと、

「分かった。……確かに、この世界の因果を変えるほどの力を見せられては、俺もお前の肉親を想う気持ちを認めざるを得ないな」

ヴィルヘルムは神妙にうなずく。

だが次の瞬間、面白い、といわんばかりに意味深な笑みを浮かべ、

「竜は一途なのだ。最も尊いつがいの願いすら叶えられず竜の王を名乗るなど許されぬ。お前の願いを叶えるために力を尽くし、俺の持てるすべての力で璃人、お前を守ると誓おう。その上で俺の運命の相手だと認めさせ、絶対に元の世界よりも俺を選ばせてみせる」

闘志に爛々と光る目で、そう宣言してきた。

挑発しすぎただろうかと内心冷や汗をかきつつ、負けてたまるもんかと璃人は自分を鼓舞すると、

「……言質取ったぞ。それなら士官学校に行くこと、もう反対しないな？」

キッとまなじりを上げ、強気に要求を突きつける。

「ああ。お前にこの世界の因果を変えるほどの力が秘められているのは確かなようだからな」

複雑そうなまなざしでうなじを眺めながらも、彼はうなずいた。

――婚姻印、とやらが消え失せたのも、俺に与えられた特別な力のせいなのか……？

オメガとかいう男の身で男を惹き付ける厄介な体質に変化してしまったのは迷惑な話だが、「因果を変える力」というのはなかなかいい。

自分の中に、未知の力が宿っている。そう思うと、なんだか胸が躍ってしまう。

「その代わり、いくつか条件がある。どれもお前が安全に過ごすために守ってもらわねばならないことばかりだ。いいな？」

その物言いに不穏なものを感じつつも、とにかく一歩前進だと、璃人は気を引き締めうなずいた。

晴れてヴィルヘルムからの認可を得て、璃人はドラグーンロウ士官学校に入学する日を迎えた。

王国軍の制服をモデルにして作られたという、身体の線に沿ったタイトな造りの漆黒の上着。ハイウエストで締める太めのベルトには竜の紋章がかたどられた金のバックルがついている。

そして下は上着と同じく細めのシルエットの、横に白い線が入った漆黒のトラウザーズだ。

「りひとさま、よくにあってますっ」

「本当に。自信を持ってください。どこから見ても立派な士官候補生ですよ」

制服に着替えた璃人を見て、リアムとサイラスは笑顔で誉めそやす。

「リアム、ありがとうな。サイラスさんも……元ドラグーンロウ士官学校首席の言葉、心強いです」

二人の誉め言葉に照れ臭くなりつつも、璃人も嬉しさに頰をほころばせる。

サイラスは保護者代理として、勝手の分からない璃人に色々と教えてくれた。

自分のことを慕って足繁く璃人の下を訪ねてくるリアムに、最初感じていたわだかまりもすぐに解けて、今では可愛い弟のような存在になっている。

璃人の部屋として与えられた王宮の一室には、引っ越し用の荷物の箱が並んでいた。

今日、ここを出て、とうとう士官学校の寮に入るのだ。

――長かった……ッ。

璃人は思わずしみじみとしてしまう。

いや、実際はヴィルヘルムと約束してから入学までにかかった期間は二ヶ月ほどで、その間も士官学校に入るための準備として予科士官学校に通っていたのだが……。

そこで待っていたのは、ここに来る原因となった犬霊族のリアムをはじめ、まだ見た目十歳前後の神獣族の少年たちばかりだったのだ。

――――や、みんなちっこくてもふもふしてて可愛いし、癒やされたけど。

『予科』とはいえ士官学校という厳めしい響きから想像していたのとはまったく違っていた。ころころした小さくて毛並みのいい少年たちの中に、十八になる男がひとり。場違い感が半端なくて、初めの頃は泣きそうになったものだ。

けれど璃人の知らないこの世界の一般常識や教養を丁寧に教えてくれて、確かに必要な時間だった。

例えば、透明の珠が埋まった、開いた手より少し大きい長方形のこの石板。

『魔導具――――それは、君たちが持つ魔力を術式に則(のっと)って変化させ、様々な効力を持つ魔術として発動させるために必要な、魔術を使う者の命ともいえる道具です』

そんな前置きとともに、予科士官学校に入ってすぐ、教官から手渡された物だ。

『皆に渡したその石板も魔導具の一種で、授業の成果や学習記録、様々な成長を記憶して保存します。特に中央に埋め込まれた宝珠は記録の核となる重要なもので、この先、取り外して他の魔導具にも使うことができますし、君たちの魔力を効率よく引き出す手助けをしてくれることでしょう。くれぐれもなくしたりしないよう、大事にしてくださいね』

教官にもそう説明されたが、魔術学の授業にはすべてこの石板を使うことになった。

自分に扱うことなんかできるだろうかと不安な反面、本当に異世界に来たんだと、未知の技術や文明に触れるたび、ワクワクする気持ちが抑えられなかった。

ドキドキと胸を高鳴らせながら教官の指示に従って石板のくぼみに指を差し込むと、中央の宝珠が輝きを帯び、あとは「自分が望む状態を頭の中にきちんとイメージすること」というアドバイス通りにしただけで、軽いものを浮かせたり、風を起こしたりできるようになったのだ。

難しい魔術には術式が必要になるが、これは機械のプログラミングのようなもので、数学の数式にも通じるところがあって、ある程度パターンを覚えれば応用が利く。

動力源は電気……ではなく使用者の魔力で、最初の頃は物珍しさと面白さについ魔術を使いすぎて、ヘロヘロになってしまったりもしたけれど。なにもかもが新鮮で、どんどん興味が湧いて、教官たちに驚かれるほどのスピードで、璃人は貪欲にこの世界の知識を吸収していった。

予科であらかじめ基礎を学んだおかげで、少しは自信がついた気がする。なにしろこれから璃人が入学するのは、王国中のエリートが集まったという士官学校だ。しかもその全権を握るヴィルヘルムが難色を示している中、強引に入るのだから、なんの覚悟もなく飛び込むなど許されない。

――そういえばヴィル、やけにあっさり送り出してくれたな。

あれだけ「絶対に俺のつがいにする」と執着して、王宮にいる間も、なにかにつけ璃人の下を訪れては求愛してくるわ、全寮制である士官学校へ璃人を入学させることを認めたくせに「こんなにも小さくて華奢な璃人がみすみす猛獣の群れに飛び込むのを見送らなければならないとは」と嘆き続けるわ、ギリギリまで散々人を振り回していたくせに。

「璃人様？　そろそろ出発してもよろしいでしょうか」

寮へと運び込む荷物の手配を終えたサイラスに尋ねられて、璃人は物思いからハッと覚める。

「あ、はいっ」

――なに気にしてんだよ、俺…っ。

ヴィルヘルムのペースに引きずり込まれたりしたら、それこそ彼の思う壺だ。元の世界に帰るんだ。なんとしても。

ずっと心配しながら自分の帰りを待ってるだろう姉や、工場の社長や仲間たち、よく声をかけてくれた近所の人たち。彼らの顔を思い浮かべ、パンッ、と両手で思いきり頬を叩いて己に活を入れると、

「よしっ！」

璃人は気を引き締め直し、手荷物をまとめたバッグを持ち上げて部屋を出た。

ドラグーンロウ士官学校は、広大な敷地の中に歴史を感じさせる荘厳な校舎、スポーツや訓練のための様々な施設が備えられ、教官である将校たちの居住区、そして生徒たちのための寮が建ち並び、ちょっとした街のようになっていた。

戦術学や武術のみならず教養としての芸術など、様々な分野に亘(わた)って充実した設備が整えられていて、生徒一人一人の特性を伸ばすためのカリキュラムややりたいことを支援する体制も万全だという。

「璃人様、どうされましたか？」

緑豊かな庭園の中、二十もある石造りの立派な寮が建ち並ぶ光景を見上げたまま足を止めた璃人に気づいて、先導していたサイラスが振り返って尋ねてきた。

「や、すごいな、って……それになんか俺の世界にあった寄宿学校みたいだ。外観とかも」

昔、自分が入学しようとしていた寄宿学校のことを思い出して、つい感慨深い気持ちになる。

「この世界は過去に交流のあった異世界の様々な文化の影響を受けていますからね。似ていると感じ

るなら、貴方の世界の影響なのかもしれません」

「俺の世界の影響……」

「ええ。こうして璃人様が来たことで、また新たな変化が生まれることでしょう」

サイラスの言葉に、璃人は息を呑む。

――俺の行動でこの世界の文化が変わるほどの大きな影響を与えてしまうかもしれないのか……。

想像以上に責任の重い立場なのだという事実に気圧される璃人に、サイラスはにこりと微笑み、

「そう硬くなる必要はございませんよ。なにを取り入れるのか、取捨選択の責任は我々にあります。長らく異界の御子が訪れることがなくなり、停滞気味だった我が国の新たな刺激となってくださる、それだけですでに我らにとって大いなる恵みなのです。なあ、リアム」

傍らにいるリアムへと話を振る。すると「うん！」とリアムは元気よくうなずいて、璃人の手をぎゅっと握り締めた。

――元の世界に戻るまで、少しでもこの子たちにいい影響を残して帰りたいな。

ふわふわの青灰色の髪と耳を撫でると、くすぐったそうにしながらも楽しそうに笑う。そんなリアムを見ていると、自然と緊張がやわらいで前向きな気持ちになれるのだ。

そうしているうちに目当ての寮にたどり着き、その正面入り口となる重い鉄の扉を見上げる。

ごくりと唾を呑み、璃人は覚悟を決めて扉の中央にある竜頭の飾りのついたドアノッカーを叩く。

その瞬間――竜頭の飾りから青白い魔力が湧き出してきたかと思うと、ゆらりと竜頭がせり出して、まるで命が吹き込まれたかのようにその鋭い双眸を細め、こちらを見つめてきた。

『――我は、この寮の守護者、ファフニール。汝の名を答えよ』

重々しい声で、そう問うてきた。

――これが、この寮の門番、ファフニールか。

強力な魔力をまとった迫力ある姿を間近にして、事前に聞いていなかったら悲鳴を上げてドアノッカーを離していただろうな、と璃人はひきつった笑いを浮かべる。

各寮には門番となる竜の魂が宿っていて、守護竜と呼ばれるその存在に承認されて初めて寮生として受け入れられるのだという。

「お、俺の名は、成沢璃人。……新しく、この寮に入ることになった転入生、です」

腹に力を込めると、グッとドアノッカーを握り締めて答えた。

すると、青白い魔力がドアノッカーを通じて璃人を包み込み、そのままスウッとドアに吸い込まれてしまいそうな不思議な感覚に陥った。

『よくぞ参った、璃人。――汝を、我が寮の生徒として認めよう』

しばらくのち、ファフニールの声とともに魔力の拘束が解け、ギィ…ッ、と扉が独りでに開いて、璃人を中へと誘う。

「では私たちはここで。寮には基本、守護竜に認められた者しか中に入ることはできませんからね」

少し離れたところで見守っていたサイラスに声をかけられ、璃人は振り返った。

「え……ここでおわかれ、なの？」

悲しげに見上げてくるリアムに、寂しいと思ってくれてるんだ、と璃人は嬉しいような切ないような想いが込み上げて、胸が締め付けられる。

「今は。でもさ、また会いに行くから！」

そう声をかけると、リアムは「……うん」と小さくうなずいた。

そんな健気な姿を可愛く思いつつも、やっぱり考えてしまう。

——姉さん、俺がいなくなってきっと泣いてるだろうな……。

泣きそうなリアムの顔に姉の顔が重なって、早く元の世界に戻る方法を見つけなきゃ、といてもたってもいられない気持ちになるのだ。

「璃人様、ご武運を」

「りひとさまー、またね！」

手を振って見送ってくれるサイラスとリアムに、璃人は胸によぎった寂しさと不安を振り払うと、

「……うん！　いってきます」

笑顔で返事して、導かれるまま中へと入っていった。

ロイヤルブルーの壁紙と品のいい調度類の置かれたシックな内装の部屋に着くと、そこには栗毛色の髪の大柄な男性が待ち構えていた。

「やあ。我がファフニール寮へようこそ。僕は王国空軍大尉、ブルーノ・ステファノスだ。この寮の寮監を務めさせてもらっている」

気さくな口調でそう言って手を差し出してきた彼の頭部には焦げ茶色の角と鱗に覆われた尻尾が生えている。

「ステファノス先生も竜人族なんですか？」

「この学校には竜人族が多く集まっているんだ。教官も、生徒もね」

竜人族は少数らしいが、身体能力の高さと魔力の大きさが突出している者が多いというから、士官

学校にはうってつけの人材なのだろう。

「ドラグーンロウ士官学校に通う生徒は全員、こうして寮に入ることが義務付けられているけど、寮は学生隊の隊分けも兼ねているんだよ。我がファフニール寮の寮生イコールファフニール中隊に所属する隊員でもあり、王国軍の一員と見なされる。僕たち寮監はそれぞれの中隊長を兼任しているし、君もここに入った時点で士官候補生になったんだ」

「俺が、士官候補生……」

「そう。今の君は、寮も制服も王国から支給され様々な特典が享受できる代わりに、才能を活かした実戦的な訓練や実習を受け、士官候補生として働く責任ある立場だ。それを肝に銘じておいてくれ」

重々しく告げるブルーノに、璃人は改めて身を引き締め、うなずいた。

「でも、だからといって誰にも頼るなと言っているわけじゃない。特に君はこの世界に来て日が浅いし、分からないことも多いだろう？　僕もすぐ隣にある官舎に住んでるから、ほとんど一緒に暮らしているようなものだし、なにかあったらいつでも訪ねてくれ。相談に乗るよ」

「あ……はい。ありがとうございます」

朗らかに言うブルーノに、璃人は顔を曇らせる。

――相談、かぁ……気持ちはありがたいけど、この人も俺の事情のこと全部は知らないんだよな。

異世界からやってきたことや、元の世界に戻る方法を探していることなどは学校の関係者にも広く知られている。

だが、璃人がオメガとなってしまったことはごくごく一部の人間にしか明かされていない。むしろ知られることがあってはならないと、この学校に入る際にヴィルヘルムからきつく言い渡されている。

魔力のこもった特殊な香水をかけてオメガの匂いは消しているし、発情を抑えるという抑制剤を飲んでいる。異世界人ということで、ある程度他の人と違うところがあっても誤魔化せるだろう。けれどどんなことからボロが出るか分からない。

――璃人。お前が今から行くところは、いわば猛獣どもがひしめく檻の中だ。そしてお前は脂の乗った柔らかな子羊……ヤツらにとって極上のご馳走が、自ら飛び込んでくるようなものなんだぞ。それをゆめゆめ忘れてくれるな。

脅すように繰り返しそう言い含めてきたヴィルヘルムの言葉が脳裏によみがえり、思わずため息が零れた。

「……先生？」

ふと気づくと、ブルーノがじっとこちらを見ているのに気づいて、璃人は声をかける。

「あ、ああ、いや……その、なんだか、いい匂い……じゃなくて、独特の雰囲気があるというか……やはり『異界の御子』だからかな」

「え…と、そう、ですか？」

――ヤバい。香水つけてるの、気づかれたかな。

戸惑った様子で言うブルーノに、璃人はギクリとしつつもすっとぼけた。

「いや、変なことを言ってすまない。夕食前には他の寮生たちに紹介するから、それまで部屋で一息入れてくれ」

ブルーノは話題を変えると、璃人の専用個室へと案内してくれた。

割り当てられた部屋は机とベッド、そして小さな窓があるだけの簡素な造りだが、一人過ごすには充分な広さだ。なにより個室なのが有り難たい。

——俺、男兄弟いないし、相部屋でわいわい一緒の部屋で過ごすっていうのに憧れたりもしたけど……オメガとかいう訳の分からない身体になったんじゃ、無理だよなぁ。

そもそも相部屋とか、ヴィルヘルムが聞いたら卒倒ものだろう。

王宮から予科に通っている間も、ヴィルヘルムは璃人の色香に惑わされ襲おうとする輩が現れないかと心配し、王宮に帰る度になにもなかったか？　と詰問してきた。

そもそも同級生には小さい子しかいないのにと呆れる璃人に、「教官がいるだろう？　危機感がなさすぎる」と逆に不安を膨らませては、おかしなことをされていないか確認すると言って迫ってきて……危ない雰囲気になったことも一度や二度ではなかった。

むしろ彼がいなければ、璃人自身は一切そういった気分になることもない。抑制剤とオメガのフェロモンを誤魔化す特殊な香水のおかげでこれまで大きなトラブルもなく過ごせていた。

正直、このまま強烈なアルファのフェロモンを漂わせるヴィルヘルムの傍にいると自分の変化がどんどん進んでいきそうで……王宮を出ることになって、どこかホッとしている自分がいる。

——まあ、週末くらいは顔を見せに行ってやってもいいけどさ……。

まるで今生の別れかというように悲痛な表情で何度も気を付けろと念押ししてきたヴィルヘルムを思い出し、どれだけ心配なんだと呆れつつ、ちょっと申し訳ないような、なんだかくすぐったいような気持ちになって、璃人の唇からひとりでに笑みが零れた。

母や姉から心配されるのとは違う、胸がむずむずするような……変な気持ちだ。

そういえば今のうちに部屋の整理もしとかなきゃ、と積まれた荷物に手を伸ばす。

夕食までの時間つぶしを兼ねて荷ほどきをしていると突然、ドンッ！　と扉が乱暴に開かれた。

「――おい。今日からこの寮に入る転入生ッて、お前か？」

驚いて振り返ると、不遜に顔をしかめて言い放つ鮮やかな赤い髪をした長身の男の姿があった。

「そう…だけど」

呆然とする璃人に、同じ士官学校の制服を着た赤髪の男はずかずかと近づいてきたかと思うと、

「久しぶりに降りてきたッていう『異界の御子』だとか大層な噂になってたからどンなもンかと思ッて見に来たが……角も尻尾もなし。貧相な体つきからして大した力もなさそうだな」

髪と同じく紅い双眸でじろりと見下ろしながらそう言って、ひけらかすように尾てい骨から生えた深紅の鱗に覆われた尻尾でベシン、と床を打つ。

その言葉に眉をひそめる璃人に、男は小馬鹿にするようにフン、と鼻を鳴らし、

「オレはダミアン・フィッツバーグ。見ての通り竜人族のアルファでこの寮を仕切ってる監督生だ」

尊大にそう言い放った。

「なんだよ、なにかって言えば竜人族だアルファだ……それがそんなに偉いことかよ」

「あァ？　偉いに決まってンだろ。力がなきゃ他人はついてこねェし、無能なヤツが上に立つほど不幸なことはねェからな。偉大な神獣から受け継いだ魔力を持つオレたちがトップになるのは当然だ」

あまりの言いぐさに憤慨して声を荒らげても、ダミアンは平然と言い切って胸を張ってみせる。

「威勢がいいのは結構だが、態度には気をつけろよ？　ついこの前まで予科でチビッ子どもと一緒に半ズボン姿で騒いでたようなガキが、このオレサマに楯突くとか百年はや――」

「ちょ…っ、な、なんでそれを……っ」

ダミアンの口から出た言葉に、璃人は慌てて詰め寄った。

確かに、ダミアンの言う通りだ。予科の制服は、上着こそこの士官学校本科とほぼ同じデザインだが、下が半ズボンになっていた。この年になって半ズボンの制服とかなんの辱しめだと抵抗したが、例外は認められず、璃人も予科士官学校に通う間はその服の着用を義務付けられたのだ。

「み、見たのか……？」

――俺だって、着たくて着たんじゃない。でも規則だからって押しきられて…っ。

なのにまさか、あの姿を本科の生徒、しかも同じ寮の監督生に見られていたなんて。

恥ずかしさのあまりカァッと顔が火照り、情けなさに涙までにじんでしまって、こんなんじゃもっとからかわれる、と璃人は身構えた。だが、

「な…、なんて顔してんだよ、お前…ッ。爺ィ連中が警戒してるっていうから、どんな強そうなヤツかと思って覗きに行っただけで……い、いや、別に覗きっていっても、変な意味じゃねェからな！」

なぜかダミアンまで赤面して、うろたえた口調で言い訳する。

「……変な意味？」

首をかしげながら璃人が近づくと、ダミアンはさらに顔を真っ赤にして視線を逸らす。

しばらくの間、「なンだ、これ」とか「いや、おかしいだろ」とかブツブツ呟いたかと思うと、ダミアンはバッと勢いよく背を向け、

「――と、とにかく、ここは本来お前のような力のない人間が来るような場所じゃねェんだからな…ッ。せいぜい自分がお荷物だッてことを自覚して、くれぐれも足ィ引っ張るンじゃねェぞ！」

そう言い捨てて、そそくさと部屋を出ていった。

――なんだったんだ、あいつ……？

突然押し掛けて傲慢な態度を取ったと思うと、しどろもどろになって出ていくし、訳が分からない。

ポカンとしていた璃人に、物陰から様子を窺っていたらしい生徒が駆け寄ってくる。

「お、おい、あのダミアン・フィッツバーグに口答えするとか…っ、どうなるかと思ったぜ」

「あいつって、そんなヤバいヤツなのか？」

タイの色から璃人の同級生と思しきその生徒に聞き返すと、彼は「ああ」と声をひそめて続ける。

「ダミアンはああ見えて特待生なんだ。魔力がケタ外れに強くて、なのに反抗的だから教官たちでさえ手を焼いてるんだよ。特にブルーノ先生はまだ若くて寮監になったばかりだから、抑えが利かないっていうか……や、優しくていい先生なんだけどさ。この学校は実力主義で、成績さえ優秀なら特待生特権で、ある程度のことはお目こぼしされるとこあるし……とにかく気をつけたほうがいいぞ」

「分かったよ。気をつける」

同級生からの忠告に、璃人は素直にうなずいた。こちらとしても無用なトラブルは回避したい。

片付けもなんとか終わり、一休みしながらくつろいでいると、軽やかな鐘の音とともに「臨時集会を始めます！　寮生はすみやかに談話室に集まってください。繰り返します――」という呼び声が聞こえてきた。

「転入生、急げ！　身だしなみが乱れてたら訓告食らうぜ」

部屋を出ると、身なりを整えながら小走りに廊下を行く生徒にそう指摘されて、璃人も慌ててタイをキュッと締め直す。

「あっ、伝令には迅速に対応しないといけないけど、走っちゃ駄目だから。早歩きが基本！」

「うぇ……決まり事が多いんだな。さすが士官学校」

廊下を競歩さながら進みつつ会話していると、

「──廊下でおしゃべりすンのも禁止のはずだがなァ？」

いつの間にか後ろにいて割って入ってきたダミアンに、璃人はギョッとする。

「……すみません」

またこいつか、と内心ゲンナリしつつも、さっきの忠告を思い出して渋々頭を下げた璃人に、

「どうせお前の紹介だろ、転入生。異界の御子サマがいッたいどんなご挨拶してくれるのか、楽しみにしてるゼ？」

ダミアンはニヤニヤとこっちを見ながら煽ってくる。

──ハードル上げやがって……やっぱこいつ、ヤなヤツだ。

どうにでもなれ、と半ばヤケクソになりながら、璃人は談話室へと足を踏み入れた。すると、

「……うわぁ……」

そこには体格の良すぎる生徒たちがズラリと居並び、その迫力に気圧され、呆然と立ち尽くす。

──いやいや、いくらなんでもみんなデカすぎだろ！　俺、完全に浮いてるんだけど…っ。

おそらく寮生全員が集合しているのだろう。逞しい生徒たちが勢揃いして、それなりに広い部屋なのにもかかわらず、狭苦しく思えてしまう。

竜人族らしき角と尻尾を持つ生徒が半数くらい、あとの生徒も獣人らしき耳や角、尻尾があった。

「お、そんなところにいたのか、璃人君、遠慮せずこっちに来なさい」

猛獣の群れを彷彿とさせる場所に放り込まれた心細さに隅っこで息をひそめていたが、ブルーノに

見つかり手招きされて、璃人はギクリと身を強張らせる。

「さて、みんなにもすでに話してある通り、まずは今日から新しくこのファフニール寮に転入してきた生徒を紹介する。――さあ、璃人君」

ええい、ままよ。

ブルーノの紹介を受けて、璃人は覚悟を決めてみんなの前に進み出た。

「成沢璃人です。角や尻尾はないけど、異世界の知識と、この世界の因果を変えるほどの力が授けられてるらしいんで、みんなに負けないくらい強くなってみせます！　よろしくお願いしますっ」

とにかくこういうのは最初が肝心だ。気持ちで負けちゃ駄目だ。

自分にそう言い聞かせ、璃人は勢いに任せて声を張り上げた。

「この世界の因果を変えるぅ？　またデカく出たな」

小馬鹿にするようなダミアンのヤジに、取り巻きらしい生徒たちがドッと笑い出す。

――コンのやろう…っ。

なんて性格の悪いヤツだ。

気持ちを奮い立たせようとした瞬間、「お前にこの世界の因果を変えるほどの力が秘められているのは確かなようだ」というヴィルヘルムの言葉が浮かんできて、とっさに口走ってしまったのだが、自分でも気負いすぎたと思うだけに恥ずかしさが込み上げて、璃人は顔を真っ赤にして睨み付ける。

するとダミアンは一瞬目を泳がせたかと思うと、

「……ッ。また、お前は……そんな顔でコッち見るなッて言ッただろうが……！」

動揺を誤魔化すように声を荒らげて璃人につかみかかろうとした、その時物陰から人影が飛び出してきた。

「───うおァ……ッ⁉」

ダミアンの手が璃人に届く寸前、悲鳴とともにいきなり彼の大きな身体が宙に浮いた。

生徒の中でも相当体格のいいダミアンが頭の角をつかまれて片腕一本で持ち上げられている。目の前の異常な光景に、璃人は大きく目を見開く。

そして背後からダミアンを捕らえているその人物に恐る恐る視線を移して───さらなる驚愕に、璃人はヒュッ…！　と鋭く息を呑んだ。

黄金色に輝く髪も、雄の艶に満ちた美貌も、見間違えるはずがない。

「ッ……ヴィ……」

「コンの…ッ、俺サマの角に触ンじゃねェ‼」

思わず漏れた璃人の声を掻き消すようにしてダミアンは怒声を張り上げ、暴れようとする。だが次の瞬間、突然手が放され、反動でダミアンはドサッと大きな音を立てながら勢いよく床に倒れ伏した。

「───頭に血が上って、ろくに自分の状況把握も相手の動きの予測もできていないとは……いつからこの学校は、ここまで質が落ちた？」

突然現れた男性は虫けらでも見るような冷徹なまなざしでダミアンを見下ろし、嘆かわしいといわんばかりにため息をつく。

「ぐ…ッ、ふ、ふざけやがって……角ナシの分際がァ！」

「よせッ、ダミアン‼」

怒りに顔を真っ赤にして拳を振り上げようとしたダミアンを、ブルーノが焦った様子で羽交い締めして止めた。

「この方は本日付で特別教官として赴任された、ヴィル・エインズワース大佐だ！　教官に楯突くということが、この学校で何を意味するか分かっているんだろうな」

「……ッ、クソッ……」

強い口調で諭すブルーノに、ダミアンはギリギリと歯軋りしつつもぎこちなく拳を下ろす。

——え……？

璃人はまじまじと男性の顔を見つめる。

「改めて紹介する。彼はヴィル・エインズワース。我が王国軍が誇る精鋭部隊『ＡＳＩＤ』から派遣された、空中戦のエキスパートだ」

ブルーノの口から『ＡＳＩＤ』の名前が出たとたん、生徒たちからどよめきが起こった。

「『ＡＳＩＤ』、って……なんでそんなヤツが……」

ダミアンからも驚きの声が上がる。

「あのさ、『ＡＳＩＤ』ってなに？」

璃人が横にいる生徒にこっそりと尋ねると、

「あ…、転入生は知らないか。『空軍特殊竜騎士隊』の略称で、ドラグネス王国軍屈指の少数精鋭部隊だよ。存在自体は有名だけど、分かってるのは国家機密に関わるような重要任務に就くエリート部隊ってことくらいで、詳細は一切伏せられてる。……僕も、初めて見たよ」

そう言って彼はゴクリと喉を鳴らした。

——もしかして、ヴィルヘルム、じゃないのか……？

凄みすら感じる研ぎ澄まされた美貌に、雄々しく整った見事な体格。こんなにも存在感のある人を、見間違えるはずがない……はずだ。

けれど王として君臨する彼の華美な装飾の施された礼服とは違う、厳めしくストイックな漆黒の軍服に身を包み、ビリビリと肌を刺すような殺気を孕んだ目の前の男は、まるで別人かと見まごうほどに昏く凄みのある雰囲気を漂わせていた。

「おい、お前……ッ」

「エインズワース先生、だ。今さっき聞いたことも忘れるほどの鳥頭なのか、貴様は」

食って掛かろうとしたダミアンに、男性はあくまで冷徹な態度を崩さず、威厳ある声で低く命じる。

「……エインズワース先生、あんた、ただの角ナシじゃないンだろ？　じゃないと説明がつかねェ」

「貴様にそれを教えてやる義理など一欠片（ひとかけら）たりともない。そもそも職業柄、俺の素性は上級秘匿事項に当たる。知りたければそれなりの権限を持って出直してこい」

男性の言葉にダミアンはぐうの音も出なくなったのか、顔を引きつらせながらも沈黙した。

「あの、今日からエインズワース先生がここの寮監になる、ってことですか？」

男性の迫力に圧倒されつつ様子を見守っていた生徒の一人から、そんな声が上がる。

確かに、大尉であるブルーノより、上官の大佐である彼が寮のトップに立つのが自然だろう。

「いいや。――――七百年ぶりに我が国に現れた異界の御子をサポートし、警護すること。それが、俺に課せられた最重要任務だ。教官というのはあくまで形式的なものにすぎない」

だが彼はそんな周囲の考えをはっきりと否定したばかりか、思いもしなかったことを言い放った。

「は……？」

予想外の展開に、璃人の口から呆けた声が漏れる。

――そんなこと、全然聞いてないぞ……⁉

痛いほど浴びせられるダミアンや周囲の生徒たちの視線に、璃人は口をパクパクさせて立ち尽くすことしかできない。

「我が国では特に貴重な異界の御子である成沢璃人の護衛兼お目付け役として、俺はこの士官学校に特別に派遣された。つまりそれがどういうことか……お前らの足りない頭でも分かるだろう？」

璃人の隣に立つと、男性は生徒たちに不遜に問いただした。

「その、つまり我が王国が、異界の御子である璃人をそれだけ重要な人物として扱っている……ということですよね」

生徒から上がった返答に、男性は満足げにうなずいた。

「そういうことだ。そもそも異界の御子はその希少性から、よからぬ輩に狙われやすい。――もしも璃人に対し、少しでも変な動きを見せた者には容赦なく制裁を加える。心しておけ」

冷たい双眸で睥睨しながら低く静かに発せられたその警告に、ダミアンのみならず、その場にいたものは皆、一斉に凍りつく。

場を支配する重い空気に、身じろぎもできずにいると、

「……と、ともかく、久々に我が王国に現れた異界の御子がこの寮の寮生に選ばれたことは大変名誉なことだ！　そのことを自覚して、より一層、勉学と鍛錬に励んでほしい。以上だ」

ブルーノが取り繕うようにして強引に締めくくり、生徒たちに退室をうながした。

「――ああ、君は残ってくれ、璃人。今後の警護の方針などについて話をしたい」

エインズワースと名乗る男は、そう言って璃人を呼び止めてきた。

「……はい。俺も、聞きたいことが色々あります。エインズワース先生」

璃人は彼の顔をまじまじと見つめ、覚悟を決めてうなずく。

「よろしい。では、こちらに」

その返答に男は小さく口許を上げると、璃人を連れて部屋を出る。

そして案内されたのは、寮の北端にある教官室だった。

教官が生徒の指導や相談のために使う部屋らしく、シンプルな造りで、今は誰もいない。

応接用のソファで話をするのかと思ったが、彼は奥まった場所にある棚の陰へと歩いていく。

「あの……」

口を開こうとした璃人を制し、彼はおもむろに手を伸ばすと、なにかを呟いて壁へと触れた。

すると、ブゥン…ッ、と起動するような音とともに壁の一部が白く発光する。

「うわ…ッ」

それだけでも驚きなのに、その光る壁に男の腕が埋まっていくのを見て、璃人は思わず声を上げた。

「静かに。空間を別の場所へと繋げる術式を仕込んであるだけだ。俺の認証が必要だから他の者に扱うことはできないが、存在を知られると色々と面倒だからな」

そう説明して彼は璃人の手を引き、光る壁の中へと誘う。

璃人は恐る恐る彼に続いて光る壁へと歩いていき、その中をくぐると――その先で目にしたのは、寮の内装とは比べ物にならない、重厚感と優美さにあふれる大理石の壁面に金銀細工や宝玉で彩られた、まるで宝物庫のような部屋だった。そこは希少な鉱物である金銀や宝玉を好む竜の特性を強く受け継ぐという、まさに竜人族の王にふさわしい――

「……って、やっぱあんた、ヴィルヘルムじゃないか！」

この部屋が以前案内されたことのあるヴィルヘルムの主寝室だと認識した途端、璃人は叫んだ。

「ひどいな。少し離れていただけで俺の顔を忘れていたというのか？」

「や、そうじゃないけど…っ。でも、あんな澄ました顔して、見慣れない軍服まで着込んでたら、もしかして別人かも？　って思っちゃうだろ」

心外だといわんばかりに片眉を上げて咎めてくる彼に、璃人はもごもごと言い訳する。

「それだけさまになっていた、ということだな？」

「……自分で言うなよ」

確かにお堅い軍服姿は、いつもとはまた違うストイックな雰囲気で、思わずドキリとしたけれど。

そんなこと、絶対に言ってやるもんかと、璃人はじとりとした目で言い返した。

「空軍特殊竜騎士隊所属なんて大風呂敷広げて大丈夫なのか。それにヴィル・エインズワースって……偽名にしちゃ、本名と被りすぎだろ」

「大風呂敷？『ASID』は俺が指揮権を持つ直属組織なんだが。ここの教員は現役士官も多いし、生半可な地位を騙(かた)ると綻びが出る可能性が高い。その点『ASID』は秘匿性が高く、任務や所属隊員の情報も伏せられているからな。なにかと融通が利くし都合がよかっただけだ」

当て擦りを言ったつもりが、なんでもないことのようにさらりと凄いことを言ってのけられて、改めて目の前の男が何者であるかを思い知る。

「あと偽名に関しても、竜の王にあやかろうと子供に王の名前の一部をつけることはよくあるからな。

ヴィルというのもそこまで珍しい名ではないんだ。それにもしお前が俺の名を口走ってしまいそうになった場合、近しい名のほうが誤魔化しやすいだろう？」

さらにそう返されると、実際、危うくヴィルヘルムの名を呼びそうになっただけに、璃人はウッと言葉に詰まった。

「い、いや、そもそも、国王がなんで別人に成りすまして士官学校の教官とか名乗ってるんだって話なんだけど」

「そうでもしなければ璃人の傍にいられないだろう。まあ、国王権限を使えばできなくもないが、それでは学校に混乱をもたらすし、教官たちがやりづらかろうと思ってな。側近やここの校長と相談の上、このような形を取るようにしたわけだ」

なんとか言いくるめられまいと言葉を紡いでも、ヴィルヘルムは一歩も引かずに返してくる。

「そんな、なにもそこまでしなくても……」

困惑する璃人に、ヴィルヘルムはふと表情を厳しくすると、

「我が国で七百年ぶりの異界の御子であるお前が、よからぬ輩に狙われやすいというのは本当のことだ。専任護衛の話は上がったが……俺は、他の者の手にお前を委ねることなど絶対に出来ない。お前の傍にいるためならば、どんな無理でも通してみせる」

揺るぎない意思のこもった声でそう言い切った。

真剣なまなざしに射貫かれて、思わずあとずさる。けれどそんな璃人の腰を彼はグッと引き寄せ、

「璃人――そんなに、俺から逃げたいか？」

顔を覗き込んで問い質してきた。

「そう、いうわけじゃ……」

嘘だ。まっすぐにぶつけられる彼の想いが怖いと……引きずられないように距離を置きたいと思ってしまう自分がいる。

後ろめたさに璃人が彼から目を逸らそうとすると、

「こっちを見ろ」

あごをつかまれて強引に顔を上げられ、低く命じられる。

「な、なんか……今日のヴィル、変、だよ……」

逃げ場を失って、璃人はうろたえつつも彼を見上げる。すると、

「璃人……お前が、あまりに鈍感だからだ」

責めるようなまなざしでそう言って、ヴィルヘルムは璃人の肩をつかむと首筋に顔をうずめた。

「ああ、もうあふれ出してきている……腹の底から熱くなるような、芳しいお前の匂いが……」

「……ッ！　や……いや、だ……っ」

擦り付けられる鼻先の感触と吐息に肌がくすぐられた瞬間、ゾクリと甘い痺れが走り、璃人はヴィルヘルムの身体を押し返そうとあがく。

――このままじゃ、また……ッ。

思いきり力を入れているのにまったくビクともしない彼の身体の強靱さに、怯えと焦りでパニックになりかけていると、ふいに肩をつかむ手の力が緩んだ。

とっさにあとずさって距離を取り、身構えると……哀しげなまなざしで見下ろすヴィルヘルムが目に飛び込んできて、璃人は思わずドキリとして固まってしまう。

「……俺が、嫌いか」

そう問い詰められるとなぜか胸が苦しくなって、まっすぐに見つめてくる彼になにも返すことができず、璃人はただうつむいた。

「俺は、璃人が好きだ」

告げられた言葉に、カァッと頬が火照るのを感じて、璃人はますます顔が上げられなくなる。

「俺のこの気持ちが、璃人を怖がらせてしまっていると分かっているんだ……だがお前が若いアルファの群れの中にいると思うだけで、胸が張り裂けそうになる。心配で、不安でたまらなくて……」

切々と訴えてくる彼の声は、苦しげに歪み、かすれていた。

自分の身体の変化も、男に求愛されるこの状態も、いまだ受け入れがたいものだ。

けれど、真摯に向けられる気持ちを適当にあしらうことなどできなくて、璃人は途方に暮れる。

「理解が追い付いていないのは仕方ないとはいえ……璃人があまりに無防備で、見ていられない。すでにもう何人か、お前のフェロモンに惹き付けられてそわそわしている輩がいたのにも気づいていないんだろう」

「そんな……勘違い、だってば……っ」

ヴィルヘルム以外のアルファが傍にいても、胸がざわつくことも変な疼きを感じたこともないのに。

だが璃人の返事に、彼はもどかしげに眉をひそめると、

「匂いを誤魔化す香水も、発情をコントロールする抑制剤も、あくまでその場しのぎのものでしかない。どれだけお前が発情期の発生を抑え込んでいても、溜め込んだ情欲が体内で濃縮されて、一定のラインを越えた分だけアルファを誘うフェロモンとしてにじみ出してしまっているんだ」

諭すようにそう言い募った。

「生理現象として湧き起こり続けるフェロモンに対処するには、アルファを完全に遠ざけてやり過ごすか……それができないならば、璃人、お前の体内にアルファの体液を摂取し、情欲を発散してフェロモンの発生を抑えるしかない」

「た、体液、って……」

彼の口から飛び出した単語に、璃人はギクリと身を強張らせあとずさる。

「精液でなくとも、唾液でもある程度の効果はある。心配しなくとも、もうお前の許しなしにセックスしたりはしない」

「だ、だから、そういうこと、言うなよ……ッ」

真っ赤になって叫ぶと、熱くなった頬を大きな手で撫でられて、璃人はピクリと肩を震わせる。

抑えきれない怯えをにじませる璃人を見つめ、ヴィルヘルムは痛みが走ったかのように顔をしかめ、頬に触れていた手をそっと離した。

「悪かった。だが……そんな風に瞳を潤ませて恥じらう姿だけでも、どれだけアルファの本能と劣情を掻き立てるか……お前は少しも分かっていないんだろう」

いつにもまして切実な表情で訴えてくる彼に戸惑い、璃人はぎゅっと唇を引き結んだ。

今までも、散々同じようなことを言われてはきたけれど……自覚なんかあるわけがない。これまで、男が自分に欲情するなど考えもしなかったのだから。

「このままでいたら……俺、どうなっちゃうんだ？」

募る不安に璃人はヴィルヘルムを見上げ、問う。すると、彼は少しだけためらいを見せたが、意を

決した様子で璃人を見つめ返すと、

「情欲を溜め込めば溜め込むほど、アルファを惹き付けるフェロモンが濃くなってしまうだろう。なにかのきっかけや気の緩んだ瞬間に濃密になったフェロモンがあふれだして、周囲のアルファに衝動的に襲いかかられ……そうなれば無理に抑え込んでいる性欲が暴走して、璃人自身の理性も飛び、ろくに抵抗すらできないまま流されてしまう可能性もある」

静かな口調で、けれどきっぱりとそう言った。

「身に覚えがあるだろう？　……あの時のことが、お前にとっては不本意で消し去りたい出来事だったというなら、繰り返したくはないはずだ」

璃人を見下ろし、ヴィルヘルムが苦く頰を歪めて微笑う。

——そういう言い方は、ズルい。

発情したヴィルヘルムに引きずられるようにして、身体中が熱を帯びて疼き、彼を受け入れてしまった時のことを思い出して、彼の目が見られなくなってうつむいた。

彼を責めきれないのは……璃人を運命のつがいだと主張する彼の真剣な告白が、理屈を超えて胸の奥底に深く沁みついていて、狂おしいほどに求められて熱を注がれた時、確かに「満たされた」と感じてしまった記憶が、璃人の頭にこびりついて消せずにいるからだった。

あの時の自分は普通じゃなくて、朦朧としていたからこその幻覚だったのだ——そう言い聞かせ、忘れようとしている記憶をまざまざと呼び起こされて、璃人は唇を嚙む。

「……なんで、今言うんだよ。前から分かってたんだろ？　だったらあの時、俺が反対を押しきってこの学校に入学するってゴネた時に、条件として切り出せばよかったじゃないか」

動揺を誤魔化そうと、璃人はそっぽを向いたまま毒づいた。

「ただでさえ怖い思いをさせたのに……打ちのめされそうな自分を必死に奮い立たせて強がっていたお前に、そんなことを言えるわけがないだろう」

「……ッ」

けれどヴィルヘルムから意外な言葉が返ってきて、璃人は息を詰めた。

強がっていた自分を見透かされていたと知って、恥ずかしさにますます顔が上げられなくなる。

「――いや。正直に言えば、どこか慢心していたんだろうな。きっとじきにオメガの本能に抗えなくなって、俺の言った通りだと思い知るに違いないと。だが璃人、お前は想像よりずっと強かった。用意した抑制剤だけでは制御しきれないはずの衝動を、意思と忍耐力でねじ伏せるほどに」

けれど自嘲めいた口調でそう続けられて、璃人は驚いて目を見開く。

「俺の敗けだ……璃人。きっとお前は発散されないまま募り続ける劣情に襲われて苦しもうが、歯を食いしばってでも我慢し、抑え込むだろう。だが刺激された周囲のアルファたちは、獣欲を抑えることなどできはしない。そんな状況を考えるだけで腸が煮えくり返って、胸が張り裂けそうになって……おかしくなりそうだ」

さらにヴィルヘルムは苦しげに唸りながらそう告げると、うなだれるように璃人の肩に頭を乗せ、深く嘆息した。

まさか、彼が「敗け」なんて言葉を口にするなんて。誇り高い竜の王として、誰よりも強くあろうとする彼にとって、こんな風に弱味をさらけ出すなど、並大抵のことではないはずだ。なのに……。

いや……本当は、分かっているのだ。彼が誰よりも自分のことを考えてくれているということは。

それこそ異世界の、文化も種族も違う彼との考え方には大きな隔たりがあって、理解できず恐ろしいと感じることもままある。

けれど、彼はそれをなんとか埋めようと歩み寄ってくれているのに……いつまでも自分が心を閉ざしてばかりでは、ダメだ。

「……本当に、俺が嫌がることはしないか?」

それでも意思に反して強引に身体を開かされ、オメガという未知の性に変化してしまった自分を思い知らされた恐怖は消えなくて、璃人はギュッと拳を握り締め、そう問いかける。

「ああ、絶対に。竜の王の名にかけて誓おう」

揺るぎない声で返すヴィルヘルムに、璃人は恐る恐る顔を上げた。

「俺…は、なにをしたら……」

すぐ傍にある彼の整った顔を見やり、緊張に震える声で問う。すると、

「お前に触れる許可を、俺に与えてほしい」

熱っぽいまなざしで璃人を見つめ、彼は懇願した。

「許可、って……」

どうすればいいのか分からずうろたえる璃人の耳元に顔を寄せると、

「うなじに、くちづけても?」

ヴィルヘルムはかすれた声でそう尋ねてきた。

「……うん」

勇気を振り絞って小さくうなずくと、彼は嬉しそうに微笑い、そっと首筋にくちづける。

「ぁ…、んッ」

首筋の皮膚の薄い箇所に唇が触れただけで、甘い声が漏れてしまって、璃人は慌てて口を塞いだ。

「やはり、香りがかなり強くなっているな……」

「ん…っ、だから……言うな、ってば……っ」

ヴィルヘルムの呟きにますます羞恥を煽られ、璃人はキッと彼を睨む。

すると彼は笑みを漏らし「分かった」と答えると、無言のままひたすら首筋を舐めねぶってきた。

念入りに舌を這わされるたびに、徐々にむずむずするような感覚が強くなってきて、腰に力が入らなくなっていく。

ヴィルヘルムは璃人をベッドへと腰かけさせると、

「服を脱がせてもいいか？」

さらにそう求めてくる。

「な、んで……」

「今、香水の効力が薄れるほどフェロモンが濃密になっている。首筋や腋、胸元といったフェロモンが特に濃く出る箇所を舐め取って、俺の唾液を塗り込んで匂いを掻き消す必要があるからだ」

ゆっくりと言い聞かせるようにそう説明したあと、「いいか」ともう一度問いかけてきた彼に、璃人は緊張に溜まった唾液をごくりと呑み込み、意を決すると、ぎこちなくうなずいた。

ヴィルヘルムの手で制服の上着が取り去られ、シャツのボタンが外されていく。ぎゅっと目をつぶると、服を脱がされて肌が外気に晒される感覚や、彼の指の感触を余計に意識してしまって……。

そしてシャツも脱ぎ落とされ、璃人はうろたえる。

「な、なあ、せめて汗、拭かせてくれよ。このままじゃ汚いってば…っ」

緊張のせいかいつもより肌が汗ばんでいる気がして焦り、言い募る。だが、

「言っただろう？　お前の体液なら全部舐め取って、呑みほしたいくらいだ。俺にとって、お前からしたたるものすべてが甘露なんだ」

ヴィルヘルムはそう言い切って羞恥に固まる璃人の腕を持ち上げ、腋へと迷いなくくちづけた。

「ひゃ……!?　あぁ…ッ」

抗う暇すら与えられず、そのまま長くザラリとした舌がくぼみ全体に這わされる。その瞬間、こそばゆいような、それでいてゾクゾクするような不思議な感覚に襲われて、璃人は身をよじらせた。

あまり体毛が多いほうではないとはいえ、特に手入れしているわけでもない腋を間近で見られ、それどころか舐められて、いくら必要なことだと言われても恥ずかしくてたまらなかった。

「も、もう…っ、いい、だろ…っ。くすぐったいんだって…っ」

早く終わらせようとそう言ってヴィルヘルムの顔を押し退けると、彼は名残惜しそうにしつつも抵抗せずに腋から顔を離した。

「では……今度は、胸に触れてもいいか」

けれどさらにそう問われ、璃人はギクリとする。

恐る恐る胸へと視線をやると、身体の中に渦巻く熱を表すように胸の先はすでに固くしこり、汗に濡れて赤く熟れたように存在感を増していた。

浅ましい自分の反応を彼にも気づかれていると思うといたたまれなくなって、璃人は目を逸らす。

「恥ずかしければ答えなくてもいい。いやな時は、やめろと言ってくれ」

なにも言えず沈黙する璃人の心中を推し量るように前置きすると、ヴィルヘルムはゆっくりと胸へと顔を近づけてくる。

恐れと期待が入り交じって、干上ったようにカラカラになった喉をなだめようと唾を飲み込むと、ゴク…ッ、と大きな音がして、頬がカァッと燃えるように火照った。

彼は璃人の身体を優しくベッドへと横たえると、胸元に顔をうずめ、鎖骨のくぼみに溜まった汗を吸い取り、緊張と興奮に上下する薄い胸板へと舌を這わせる。

「……ッ、んぁ……」

焦らされるようなやわらかな刺激に胸の先は痺れを訴え、ますます尖りを増していく。

もどかしさに身をよじると、ふいに彼の指が汗でぬめった胸の先に触れた。

「ひあ…ッ！　……あ、ぁ……っ」

その瞬間、身体の芯にズクリとした疼きが走り、璃人は背をしならせる。

その拍子に己の乳首から汗とは違う分泌液がにじみ出てくるのが視界に入った。

刺激を受けて快感を覚えることで生み出されるという、オメガ特有の分泌液。

今までの自分ではありえなかった光景に怯え、璃人は息を喘がせる。

「……すごいな。情欲を抑え込んでいたせいで、分泌液が濃くなっていて……間近で嗅いだだけで、クラクラしそうだ」

白みを帯びた液体をすくい取った彼の口から漏れた感嘆の言葉に、さらに羞恥を煽られて璃人は身をすくめた。

「ここまで我慢するのはつらかっただろう。気づいていたのに……放っておいてすまなかった」

けれど彼はそう告げて切なげなまなざしで見つめてきて……思わず、璃人の瞳が潤む。

つらさを分かってくれた喜びと、彼を避け続けてきた申し訳なさが心の中で入り交じって、苦しい。

胸の疼きが切ないほどに募って、璃人は彼を見つめ返す。

「だ、だったら、これ以上……放っておくなよ…っ」

もどかしさに涙目になりながらそう抗議すると、ぎゅっと眉を寄せて「……触って」と小さくかすれた声で懇願する。

「……分かった」

答え、赤く色づいた尖りに誘われるようにして、ヴィルヘルムが顔を寄せ、乳首をくわえてきた。

「ひぅ…んッ！」

口に含まれたまま、舌先で転がすようにして胸の先にしたたる蜜を舐め取られ、襲いくる甘美な刺激に目がくらみそうになる。

「ああ……甘酸っぱくて、いい匂いがして……たまらないな」

ヴィルヘルムはうっとりとした口調で呟き、溜まった蜜を吸い取らんばかりにむしゃぶりつき、ちゅくちゅくと乳首どころか乳暈(にゅううん)まで唇でしごき上げてくる。

「んぁ…ッ！　くぅ……や…ぁ、んん…っ」

強く吸い付いて先端を絞るようにきつく愛撫してきたかと思うと、紅く腫れてヒリヒリと疼く粘膜を舌先で慰撫するように優しくなぞられ、璃人の唇から抑えきれず甘えるような声が零れてしまって、思わず口を塞ぐ。

「声を殺しても無駄だぞ。分泌液の濃さや匂いで璃人がどれだけ感じているか、声などよりもよほど明確に俺に伝えてくれるからな」

彼は顔を上げると、竜人特有の細く二股に分かれている長い舌先で唇を舐め、獰猛に笑った。

「——……ッ」

捕食者を思わせる全身から立ち上る凶暴な雄のオーラに、璃人の中に怯えとも疼きともつかぬ感情が湧き上がって、ゾクリと背が震えた。

ねろりと乳首を舐め上げられ、漏れそうになる喘ぎをこらえながら、璃人は気圧されまいと涙でにじむ目で必死に彼をキッと睨みつける。

するとヴィルヘルムはなにかをこらえるような苦しげな唸りを漏らした。

「許せ。璃人の匂いを嗅いでいるとどうにも昂って……欲望をこらえるその姿がどれほど扇情的で魅惑的かも知らない無防備なお前を見ていると、本能があふれそうになってしまう。怖がらせたくはないのに……」

弱ったように眉を寄せて懺悔しながらも、彼のその吐く息は荒く、危ういほどの艶に満ちていて……自分の痴態を見て、彼もまた欲情しているのだと突きつけられる。

——怖い。

男の欲望の対象になることも……なのに、どこか沸き立つような胸の高ぶりを覚えてしまう自分も。

「んぁ…ッ、い、いつまで…っ、くぅ……続けるつもり、なんだよ…っ」

ジンジンと痺れるように募る愉悦に怖くなって、璃人はつい悪態をついてしまう。

「お前の体内に溜め込んだ情欲を発散するまで、だ。オメガの欲求というのは自分一人ではうまく満たすことができないらしいからな」

けれどそう言い渡されて、璃人はギクリとする。

オメガという性となり、身体に起こった変化は後孔の奥にできた生殖器だけではなかった。

身体の奥がじくじくするような疼きを覚えることがあって、恐る恐る自分を慰めてみたけれど……彼の言う通り、自慰をしても陰茎からは先走りのような分泌液しか出なくなり、これまでのようにうまく欲望を発散することができなくなってしまったのだ。そのせいで自慰をしても欲望が解消されるどころかむしろ欲求が強くなっていくようで、怖くなってそれ以降、自分を慰めることもできなくなった。

ヴィルヘルムを避けていたのは、初日の件の憤りや気まずさだけではなく、傍にいると疼きが強くなってつらいから、というのも大きかった。

――本当に俺、どうなっちゃうんだろう。

変わっていく自分の身体が怖くて、握り締めすぎて赤くなった璃人の指先にそっと触れると、

「お前をもう、怯えさせたくない。だから……抑えずに声を聞かせてくれ。お前が俺の愛撫を受け入れていることを、嫌がっていないことを……確かめたいんだ」

そう言ってヴィルヘルムは手の甲にくちづけ、指の形をなぞるように一本ずつ舌を這わせていく。

「……ッ、ふ……」

くすぐったいような心地よさに身体に力が入らなくなってきて、緩んだ指の隙間から声が漏れるのを、唇を噛んでなんとかこらえようとした。

けれど、指の股から忍び込んできた舌に唇をちろちろとくすぐるように刺激されて、ビクリと彼を見上げる。

指を外され、ゆっくりと近づいてくる彼の顔を呆然と見つめる璃人の唇に、唇が重ねられる。

驚きに薄く開いた唇の間に舌が差し込まれ、口腔を掻き回すようにして這ったかと思うと、璃人の舌を搦め捕って強く吸い上げてきた。

「んん……ッ！」

苦しさに璃人が息を喘がせると、彼は絡めた舌の締め付けを解き、大きな手のひらで上下する胸を撫でてくる。

「ふ、ぁ……ん、ぅ…んっ」

手のひらで固くしこった胸の先を転がしながら、彼の長い舌が璃人の舌をなぞり上げてくる。

奥へと侵入する舌とともに流し込まれるヴィルヘルムの唾液が思いがけない甘さで喉を滑り落ちて、璃人はうっとりと瞳を潤ませた。

――ヴィルヘルムの言う『お前の体液は甘い』って……こんな感じ、なのかな……。

以前、強引に迫られた時もくちづけられた気はするが、最初はパニックで、最後は引きずり込まれた悦楽の渦で頭の中がぐちゃぐちゃになって、こんな風に味わった記憶はなかった。

そんなことがぼんやりとし始めた頭をかすめつつ、甘露のようなそれを求め、璃人は衝動に突き動かされて自分から舌を絡ませ、彼の舌へと吸い付いた。

ヴィルヘルムもまた、璃人の喉奥に溜まった唾液を吸い尽くさんというように舌をうねらせて口腔から喉奥の粘膜をねぶり、快感に蜜をにじませてぬめる胸の先をくにくにと指で押し潰してくる。

「んぁ、ぅ…っ、くぅ……んッ」

口腔から喉奥まで突き入れられては引き抜かれ、粘膜を掻き回されていく動きは、どこか身体の奥深くを穿たれた時のことを彷彿とさせて、襲いくる苦しさと隣り合わせの愉悦に、合わせた唇の隙間から二人の唾液が絡まる水音と一緒に、璃人はこらえきれず呻きにも似た嬌声を零してしまう。

口腔と胸の先の粘膜を嬲(なぶ)られ続け、興奮に上がった呼気をも吸い取られ、頭の中がぼやけていく。

彼は力の抜けた璃人の唇に深く唇を重ね、乳首を強く擦り上げると同時に舌をきつく吸い上げた。

「ふ、ぅ……んんん…っ！」

その瞬間、軽く達した感覚に見舞われ、目の前が甘くかすむ。

流し込まれた唾液を飲み干しながら、璃人が荒い息をついていると、

「熱くなって、痛々しいほど張り詰めているな……」

彼は口づけを解き、そう言って下着の中でいまだ硬さを保ったまま蜜を零す陰茎へと触れてきた。

カァッと頬が熱くなるのを感じて、璃人は唇を噛む。乳首を何度も弄(いじ)られ、口腔を掻き回されているうちに璃人の下腹部には苦しいほどの熱が渦巻いて、はしたないほどに勃ち上がり、まるで早く触って欲しいとばかりにひくひくと震えて存在を主張していたのだ。

「や、だ……っ」

触られてもつらいだけだと首を振り拒む璃人に、

「大丈夫だ……璃人」

唇についばむようなくちづけを落とすと、彼は璃人のベルトを外し、ズボンを脱がせていく。

「ぁ…ッ」

下腹部をあらわにされる羞恥につい声を漏らした璃人に、彼が確かめるように視線を向けてきた。

「い、いい、から…っ」

これ以上改めて確認されるのも恥ずかしくて、璃人はそう告げて目を逸らす。

「ありがとう……俺を信じてくれて」

囁かれ、耳たぶにくちづけられて、思わず璃人の瞳が潤んだ。

そして分泌液で汚してしまった下着を脱がされる。はしたない反応を示す恥部をさらけ出す恥ずかしさに泣きそうになりながら唇を噛んで耐えていると、ヴィルヘルムが下腹部へと顔をうずめるのが見えて、璃人はうろたえた。

「ぁ…ッ？　ま、待…っ、あぁ……っ」

けれど制止する間もなく陰茎が熱く濡れた感触に襲われて、その強烈な刺激に璃人はビクビクと身体を震わせた。

慌てて彼の頭を押し返そうとするけれど、くわえられたまま陰茎にねっとりと舌を這わされると、甘い痺れが下腹部全体に走り、抵抗もままならなくなる。

長くざらりとした舌で、あふれた分泌液を根元から先端までぴちゃぴちゃと音を立てながら舐め上げ、そしてさらに鈴口に溜まった雫まですくい取っていく。

「あ…んッ、やぁ…っ。くぅ……んんっ」

蜜を生み出すたび舐め取られ、己の分泌液と彼の唾液にまみれて下腹部がぐずぐずと溶けてしまうような錯覚すら覚え、璃人はあまりの愉悦にこらえきれず甘い声を漏らす。

鈴口を這う舌先はさらなる蜜を求めるように徐々にちろちろと入り口を穿つようにくすぐってきて、敏感な部位の中でも特に薄く過敏な粘膜を刺激され、その新たな快感に璃人は戸惑いながらも興奮に胸を喘がせる。舐め溶かされるような愛撫にひくひくとひくつきはじめた蜜口に、ふいにねじ込むようにして彼の細い舌先が突き入れられた。

「うぁ……!? んあぁ……んッ!!」

陰茎の内側の粘膜をありえないほど深く暴かれる。その拍子に璃人の目の裏で火花が散り、ビクン、と腰が大きく跳ねる。

あまりの衝撃に身を強張らせ、浅い呼吸を繰り返す璃人の胸に、ヴィルヘルムは手のひらを這わせてきた。せわしなく上下する胸を撫でられ、痛々しいほどに硬く尖った乳首を転がされると、蜜孔をこじ開けられる違和感が徐々にやわらいで、代わりにじわりと熱くなるような疼きが湧き出してくる。

「ぁ…ッ? あぁ……ま、待って……っ」

内側を穿たれる感覚に少し馴染んできたのを見計らったかのように、舌先が動き出すのを感じて、璃人はたまらず懇願する。

けれど奥まで突き入れられていた長い舌が、ずるりと引き抜かれていって――。

「ひぁ…ッ、くうぅ…っ」

狭い管を穿たれる圧迫感から解き放たれ、自分では届かない敏感な粘膜を擦り上げられながら直接蜜を掻き出される。その鮮烈な快感に、璃人はシーツを握り締めながら身悶えた。

ヴィルヘルムは興奮に息を荒らげながら、そんな璃人の痴態を見下ろしてくる。

獰猛な欲望をにじませる彼におののきながらも、痺れるような悦びを感じてしまう自分がいた。

普通ではない行為に快感を覚える自分に羞恥と罪悪感に苛まれる。しかしそんな自分を受け入れて求めてくる彼という存在に、胸が甘く疼くような酩酊感を覚えていた。

身体の中に溜まっていた分泌液を、ヴィルヘルムはまるで甘露のように美味しそうに飲み干し、蜜孔の奥深くまで舐め取っていく。

「や、あぁ……んあぁ――……ッ!!」

その目が眩みそうなほどの快感に、璃人はビクビクと背をしならせて極まった。

――あ……、俺、イッて、る……？

久しぶりの感覚に恍惚となりながら、璃人は震える息をつく。

余韻に浸りながら胸を喘がせていると、

「ああ……また蜜があふれてきているな」

ヴィルヘルムは熱っぽいまなざしでそう言うと、快感に分泌液をにじませる乳首へと舌を這わせ、ちゅくちゅくと音を立てて蜜を舐めすすってきた。

彼の唾液と分泌液にまみれた乳首はもっともっとと、さらなる愛撫をねだるように硬く尖って突き出し、淫猥に光る。そのあまりのいやらしさに羞恥が込み上げて、璃人は思わず涙ぐんでしまう。

「感じることを恥じたりしなくていい。今は快感に身を委ねて、欲望を満たすことだけ考えればいいんだ。お前の望む以外のことはしないと約束する。だから……もっと感じている姿を俺に見せてくれ。璃人……」

怯えが消せない璃人の心を見透かすかのように、ヴィルヘルムはそう言って見つめてくる。まなざしに熱を宿しながらも、真摯であろうとする彼の誠実さを感じ取って、璃人の身体から力が抜けていく。

ヴィルヘルムは尖りを口に含み、蜜を舐め取りながら、さらに胸の先の性感を育てていく。ヴィルヘルムに求められ愛撫されて、身体は淫らにとろけていき、戸惑う心とは裏腹に熱く疼いて……奥底に潜んでいたオメガとしての性が芽吹きはじめていた。

「くぅ…っ、あぅ……んんッ」

幾度もねぶられ吸い上げられて、痛々しく張り詰めた乳首は真っ赤に熟れ、空気に触れただけでもピリピリとした痺れを覚えるほど過敏になって、璃人は胸を喘がせる。

その甘美な心地よさに抗うことができず、璃人はされるがまま彼の愛撫を受け入れ、嬌声を漏らすしかなかった――

4

「おーい……璃人、生きてる?」

午後の授業が終わり、寮の自室に戻っていた璃人に、同級生がよろよろとドアに寄りかかりながら声をかけてきた。

ちなみに就寝時間まで、寮の個室のドアは閉めてはいけないという規則がある。どうやら血気盛んな男どもが隠れて悪さしたりするのを防ぐためらしい。

「そっちこそ。ふらついてるじゃないか、あと二十分で課外活動だぞ」

背筋をまっすぐに伸ばしてそう言ってのけると、同級生は信じられない、とばかりに首を振った。

「璃人って、見かけによらずタフだよなぁ。このカリキュラムってキツいので有名で、俺らでもまいってるってのに」

確かにドラグーンロウ生は授業が終わったあとも奉仕活動や部活動、さらに自主訓練まで義務付けられていて、かなりハードなスケジュールをこなさなければならない。その代わり、自主訓練でも教官のサポートが受けられるし、設備も自由に使わせてくれる。自主訓練というのは生徒各々で目標それに向けた計画を立て挑むもので、学力のみならず実技や体力面など、一定の基準に満たないと見なされた者は退学、という厳しい規定のあるこの学校ならではの救済措置の側面もあるらしい。

「今日も訓練のあと、エインズワース先生に呼び出し食らってただろ？　そのせいで休み時間つぶれたってのに、たいしてしんどそうな様子でもないし。やっぱり異界の御子の力ってヤツなのか？」

「あー…、うん。まあ、そう…かな？」

同級生の口から出た名前に、璃人は内心冷や汗をかきながら曖昧にうなずく。

厳しい訓練を受けても璃人が魔力を枯渇せずにいられるのは、エインズワース教官、もといヴィルヘルムの影響だった。

ちなみに璃人の部屋のすぐ隣は、例のヴィルヘルムの主寝室へと繋がる教官室となっている。おかげで新入生をいびろうとする怖い先輩がたは寄り付かないが、それとは比べ物にならない危険人物のすぐ傍に放り込まれている状態なわけだ。

——いや、確かにその……挿入、はしてこないよ？　けどさ、それ以外はほとんどなんでもあり、っていうか……なんであんな、考えもしないような変態じみたことしてくるんだよ……っ。

ヴィルヘルムはとにかく隙あらば璃人の身体を舐めたがる。それもたちが悪いことに、口に出せないような恥ずかしい場所ばかりを、だ。

最初は抵抗しようとするのだが、必要性を説かれ言いくるめられたり、もしくは求めてくる彼の熱意に折れたりで、結局、いつも気づくと自分が飴玉かなにかになってしまったような錯覚すら覚えるほど、どろどろに舐め溶かされて達かされてしまう。欲求を発散できるようになって身体の負担も減った上に、ヴィルヘルムの体液を体内に摂取することでどうやら王たる彼の強力な竜の生気をも取り込んでいるようで、すこぶる身体の調子がよくなってしまったのだ。

――男の精気を吸収して元気になるとか、これってまるで……サキュバスみたいじゃ……。

頭に浮かんできた単語がズン、と重くのし掛かって、璃人は叫びそうになる衝動を抑え、身悶える。

「璃人は予科の生徒たちの監督生になったんだっけ。今日の課外授業も予科に行くのか？」

「うん。みんなとも顔見知りだし、俺自身、基礎の復習になるからさ」

話題が切り替わったのにホッとしつつ、璃人は笑みを浮かべる。

監督生、というのは主に下級生を指導する生徒を指す言葉で、放課後の選択制の課外活動に、璃人は監督生として予科の生徒たちの訓練の補助をすることを選んだのだ。

「数ヶ月前まで同じ半ズボン穿いてた仲だしな？」

「それ、言うなって……！」

茶化してくる同級生に、璃人はむうっと口を尖らせて睨む。

――ていうか、あの制服、こいつやダミアンたちも着てた時期あったんだよな。

ふと現在のダミアンたちが半ズボンの制服を着ている姿を想像して、璃人はプハッと噴き出した。

「なんだよ？」

「や、なんでもない。俺、準備あるし先に行くから。じゃあな」

怪訝な顔で尋ねてくる同級生に、璃人は取り繕いつつそそくさと部屋を出ていった。

ドラグーンロウ士官学校の隣の敷地にある、ドラグーンロウ予科士官学校。ここにも当然、将来国を背負って立つエリート候補である、アルファの中でも特に優秀な少年たちが集っているのだが……。

――あー…、走ってるだけでなんでこんな可愛いかなぁ。

今回のようにフィジカルを鍛える訓練では、みんな獣の姿になる。ふわふわの産毛に包まれた子犬や子猫のような姿をした子ももちろん愛らしいが、トカゲとアリクイが混ざったようなころんとした体型の竜人族の子が、まだ短い手足を必死に動かしているのもたまらなくキュートだ。

この世界の獣人は幼体から成体となるまでの体格差が激しいらしく、士官学校では見上げるほど体格のいい生徒たちも、ここ予科士官学校の初等部ともなると、驚くほど小さくころころとした幼い体型の生徒たちがほとんどだった。

様々な獣の姿となった少年たちが、ちんまりした身体でコースに設置された障害物を掻き分けたり乗り越えたりしながら懸命に走る。そのちまちまとした動作を眺めているだけで、璃人の頬はひとりでに緩んでしまう。

――竜人族も、子供だとめちゃくちゃ可愛いんだよな。たてがみは産毛っぽくてぽわぽわしてるし、まだ鱗が生えてない肌がつるんとしてて、触り心地もぷにぷにして気持ちよくってさぁ…。

想像もできないけどヴィルヘルムもこんな時期があったのかな、なんて考えて璃人は微笑む。

あどけなさが残る予科生たちとの時間は、厳しい士官学校のカリキュラムの中で、貴重な癒やしの時間となっていた。

――ホント、いつまででも見ていられるぞ、これ……。

そんなことを考えつつ、目の前に広がる微笑ましい光景をにまにましながら眺めていたが、ふいに飛び込んできた「きゅーっ！」という鳴き声に、璃人はハッとして声の主を探す。

すると子熊に似た、ビビという名の生徒が、やぐらからぶら下げられた、太い縄で編まれた網状の器具をよじ登ろうとしている途中で身動きできなくなっているのを発見し、璃人は急いで駆け寄った。

「あともうちょっとだ、頑張れ……！」

励ましの声をかけるものの、ビビは泣きそうな顔でぷるぷる震え、『むり……むり……』とか細い声で訴えて背を丸める。

フィジカルの訓練の際、生徒たちは魔力を封じる腕輪をつけさせられている。魔力の高いアルファの生徒ほどつい魔術に頼ってしまいがちで、身体能力を鍛える妨げになるからだそうだが、当たり前に使っていた力が禁じられるというのはかなりの負担らしく、特にまだその感覚に慣れない低学年の生徒はいつも通りに動こうとして力尽きてしまったりと、なにかと事故を起こしがちだ。

ビビは力は強いのだがちょっと太めで持久力に難があり、優しくおっとりしている分臆病なところがあって、なかなか魔力なしの訓練に馴染めずにいるようだった。

「大丈夫だ、慌てずにやればできるさ。もし落ちても、俺が絶対受け止めるからな」

恐怖に固まるビビの下で両手を広げて構えながら、璃人は力強くそう断言する。

いくら相手が小さいとはいえ、璃人の素の腕力だけでは落ちてくる子を確実に受け止め支えきれるとは言い切れない。だが監督生は魔力を制限されてはいないから、いざという時は防護魔術を発動させればいい。監督生として必要な救命用の魔術など基本的なものはすでに習得済みだ。

魔力に頼らず頑張っているみんなに対してちょっとズルい気もするのでなるべく使わないようには

しているが、生徒の身の安全には代えられない。

落下の恐怖に怯えるビビに、璃人は根気強く「大丈夫」と繰り返し、力づけていく。

すると徐々に気持ちが落ち着いてきたのか、ビビは覚悟を決めた様子で縄をつかむ手にグッと力を込め、もぞりと動きはじめた。

「いいぞ。ゆっくり、慎重に……」

たわむ縄に苦戦しておぼつかない動作ではあるが、それでもよじよじと丸っこい身体をよじらせつつ必死に登り続けるビビを、璃人はいつ落下しても対応できるように身構えつつ見守る。

やがてビビは苦しそうな唸り声を上げながら頂上の板に手をかけ、焦げ茶の毛に包まれた丸いおしりをふりふりしつつ網状の壁を登りきった。

歓声を上げたくなるのをグッとこらえ、ビビがやぐらの上にも設置された障害物をくぐり、さらに反対側にも張られた網状の壁を降りるのを固唾を呑んで見つめる。

そしてビビは少しよろけながらも地面に足を着けると、

『やったぁ！　りひとぉ、ぼく、できたよぉ』

喜びの声を上げながらとてとてとこちらに駆け寄ってきた。

「うん、見てたぞ。すごいじゃないか」

得意気なビビを璃人はぎゅっと抱き締め、そのふかふかな毛に覆われたまんまるな頭を撫でる。

『おい、ビビ！　おまえまだいっこクリアできただけだろ。サボってんなよっ』

飛んできた声に、ビビは『ピィッ』と怯えた声を漏らして璃人の後ろに隠れた。

声の主は、銀色の角とたてがみが特徴的な竜人の子、ウルスだ。

「こーら、そんな怖い顔すんなって。ウルスはもう完走したのか？　さすがだな」

身体能力の高さに感心しながらご褒美とばかりに抱き上げて、うりうりと彼ご自慢のたてがみをかきまぜる。すると、『やめろよぉ』とか言いつつも、ウルスはくすぐったそうに首をよじりながら嬉しそうに笑った。

その割に教官たちに抱え上げられてもみんなあまり嬉しそうではないけれど、それはまあ、やはりみんなまだ幼いせいか、抱っこが大好きなのだ。

璃人も最初こそ多少警戒されていたものの、今ではこうしてすっかり懐いてくれるようになった。

教官たちは威圧感があって萎縮してしまうからだろう。

『あっ、ウルスくん、ずるーい！　いちばんにはしりきったのぼくなんだからねっ』

初めて見た時と同じ、青灰色の毛をした子犬のような姿のリアムもやってきて、璃人に向かって「抱っこして」とばかりに前肢をふくらはぎにかけて身を乗り出し、こちらをつぶらな瞳で見つめながらアピールしてくる。

『んー』と必死に背伸びして抱っこをねだるその姿に、可愛いヤツめ、とヤニ下がりそうになるのをなんとかこらえつつ、ウルスと交代してリアムを腕に収め、

「すごいぞ、リアム。ほんとよく頑張ってるなぁ」

努力を称えつつ後頭部から背中にかけてさすると、リアムは幸せそうに目を細め、ふわふわな尻尾をぶんぶんと振った。

頑張ったら全力で褒める、というのが成沢家の家訓だ。

甘やかしすぎじゃないか、と予科の教官から苦言を呈されたりもしたものの、生徒たちの猛抗議と頑張りによって、璃人のやり方が間違ってないのだと示してくれた。

璃人が課外活動の監督生となってから、生徒たちのやる気と成績が目に見えて伸びたのだ。

まあ、リアムは元々優等生だったけれど。自分を慕ってくれるリアムはまるで弟みたいで、姉との二人暮らしに加えて、勤め先の工場でも年上の人ばかりに囲まれていた璃人にとって、年下の彼らとのやり取りすべてが新鮮だった。

——姉さんが今の俺を見たら、どう思うかな……。

璃人が進学を断念したことに一番ショックを受け、己のふがいなさを責めていた姉に、こうして学校生活を送っている姿を一目でいいから見せてあげられたら。

元の世界に一人残してきた姉のことが頭に浮かんで、ズキン、と胸に痛みが走る。

『りひとさま……?』

自分を呼ぶ声に璃人はハッと我に返ると、心配そうに顔を覗き込むリアムと目が合った。

「あ…、ごめんごめん。なんでもないよ」

今は監督生として目の前のみんなに集中しないと、と璃人は己を戒めて気合いを入れ直す。

そのあともコースを完走した生徒たちが押し寄せてきて、「みんな小さな身体でよく頑張ったなぁ」とその健気さに感動しつつ抱っこしていると、急に生徒からざわめきが起こる。

みんなが注目しているほうへ視線をやると、生徒たちから少し離れた場所に立っている人影を見つけ、璃人はギョッと目を見開いた。

いつの間にいたのか、教官服姿のヴィルヘルムが校庭の端でこちらをじっと見つめていたのだ。

「なっ、ヴィ……エインズワース先生、なんでこんなとこに…っ」

璃人は慌てて彼の下に駆け寄り、上ずった声で尋ねる。

「任務を遂行しているだけだが？　俺はお前の護衛官だからな」

当然といった様子で答えるヴィルヘルムの物々しい雰囲気に、予科の生徒たちは不安げな様子で顔を見合わせていた。

「ちょ、ちょっとこっちに…っ」

璃人は強引に彼の手を引き、近くの木陰に引っ張っていく。

「あんたはいちいち目立つし、威圧感あるんだよ…っ。護衛っていっても、いくらなんでもこんなとこまで来る必要ないだろ？」

この予科は士官学校と同じ敷地内にあり、寮からも近い。セキュリティも万全で、外部の者の出入りを厳しく制限し、侵入者を排除する大がかりな術式が敷地全体に張り巡らされている。

「まあ、半分は見学目的だ。監督生として初等部の指導を楽しそうにこなしている、と報告を受けて、気になって覗いてみたんだが……想像以上だな。みんなにも随分懐かれているようじゃないか」

さらりと言うヴィルヘルムに、璃人は呆気に取られる。

――報告、ってことはこっちにも監視役がいるのかよ？　いくらなんでも過保護すぎだろ…っ。

王としての政務でヴィルヘルムが離れている間も、璃人の周辺警護のために王宮から近衛兵が派遣されていることは知っていたけれど。

ヴィルが信用していそうな教官を数人、頭に思い浮かべながら、これからは下手なことは言わないようにしないと、とため息をつく。

「一応、確認しとくけど、リアムたちまで警戒してるわけじゃないだろうな？」

「さすがにまだ発情期も来ていない子供相手に嫉妬するほど狭量じゃないさ」

じろりと睨んで問い詰める璃人に、ヴィルヘルムはやれやれと肩をすくめた。

「あ…、はは、そっか、そりゃそう――」

いくらなんでも自意識過剰すぎたか、と恥ずかしくなって璃人は取り繕おうとしたけれど、

「まあ、稀に早熟な者もいるからその点を警戒していたが、現在の初等部では該当する生徒はいなかったからな」

フッと微笑ってそう付け足した彼に、やっぱり警戒してたのかよ、とガクリと肩を落とす。

「……しかし、みんなが手こずる初等部の指導を難なくこなすとは、さすがだな」

ぽつりと呟くヴィルヘルムに、璃人は目を丸くした。

「えっ？　みんなまだちっちゃいし、一番楽なんじゃないの？」

「逆だ。まだこの学校に入ったばかりの初等部だからこそ手がかかるのさ。ある程度学年が進めば身体作りも士官候補生としての心構えもできてくるが、それまで親元で大事に育てられた子供たちがいきなり家を離れ、厳しい環境に放り込まれるんだ。前任の監督生は、泣いたり暴れたりでろくに言うことを聞かないと苛立って、半ば放置していたらしい」

――それって、強引に言うこと聞かせようとして乱暴な指導してたんじゃないのかな。

最初、監督生として再び予科にやってきた璃人を警戒していたのを思い出し、顔を曇らせる。

「だがお前は一人一人の個性を受け入れて、みんなを大事に扱っていたな。簡単なようで、なかなかできることじゃない」

彼の言葉に、自分をそんな風に見ていてくれたのかと面映ゆくなって璃人は頬をほころばせた。

「璃人がそんなに子供好きだったとはな。俺としても、嬉しく思うぞ」

だがそう続け、目を細めて見つめてくるヴィルヘルムに、一瞬、意味が分からず璃人は呆然とする。

――俺が、子供が好きだとヴィルが嬉しい、って……？

彼の言葉を反芻して……ふいに、ハッと思い出す。

自分が今、男でありながら子供を宿すことのできるオメガという特殊な性別に変化してしまったことに。そして、彼が璃人を自分のつがいにしたいと考えていることに。

つがいとなれば、当然、彼の世継ぎを作ることを求められるわけで……。

彼の言外に含んだ意味を悟って、憤りと羞恥が胸の中で入り交じり、璃人の頭にカアッと血が上る。

「……ッ、違う、そんなんじゃ……俺は…っ、子供なんて好きじゃない……！」

顔を真っ赤にして叫んだ瞬間、ガサリと草を踏む音がして、璃人はハッとして振り向いた。すると、

『ぁ……』

悲しげな表情でこちらを見つめているリアムの姿が目に飛び込んできて、璃人は顔を強張らせる。

見る間にそのつぶらな瞳に涙が込み上げ、零れ落ちそうになる直前――『ごめん、なさい』とリアムは蚊の鳴くような声で呟いて、逃げるようにして森の奥へと駆けていった。

「リアム…ッ」

慌ててリアムのあとを追い駆け、璃人も森の中へと入っていった。

リアムの走っていった方向へ進んでみたものの、すでに彼の姿はなく……璃人は焦りを募らせつつ、痕跡を探しながら草木の生い茂る森の中を駆け足で進んでいく。

「待て、なにかがおかしい……璃人、闇雲に動くな！」

「だったら余計心配じゃないか！　リアムは魔力を封じる腕輪をつけたままなんだぞ…っ」

追いかけてきたヴィルヘルムの声にも余計に不安が膨らむばかりで、そう言い返すと足を止めることなく璃人は奥へと進んでいった。

どうしよう、どうしよう、どうしよう。

もし、リアムがどこかに落ちたりして怪我でもしてしまったら。

もしもリアムが、このまま行方知れずになってしまったら。

――父さんと母さん、みたいに。

暴走した対向車に押し出され、運転していた車ごと崖から海に落ちたと聞かされたけれど、結局遺体は発見されないままだ。だからいまだにどこか、「父と母が亡くなった」というのが事実だと受け止めきれていない。事故の日の朝、両親が家を出る時、どんな言葉をかけたのかさえ、思い出せない。もっといっぱい伝えたいことがあるのに。

あれから姉と二人、いつかひょっこり両親が帰ってくるかもしれない、というかすかな希望を捨てることができずに、変わらずあの家に住み続けていた。

巻き込まれるようにしてこの世界に来て、魔術文明や神獣や精霊と融合した種族など、これまでの常識を覆す物事が押し寄せてきた。あげくの果てに自分の身体の作りまで変化してしまって、驚いたり戸惑ったりの連続だったけれど……自分の存在を受け入れられて、恵まれた環境を与えてくれて、嬉しいと、楽しいと感じることがどんどん増えていって――それでも、どうしても心の中のわだかまりを捨てられずにいた。

帰ってこないだろう父と母をずっと待ち続ける苦しさに、姉と二人、身を寄せ合って耐えていた。けれどあの家に、今は姉が一人、ぽつんといる。その姿を想像するだけで、胸を掻きむしりたくなる焦燥感と申し訳なさに押し潰されそうになるのだ。

その一方、ヴィルヘルムに対して、無理矢理奪うように身体を組み伏せられたあの出来事は許せないと思ったけれど……反省して真摯に求めてくれる姿に、自分はここにいていいのだと、居場所を与えられる心地よさを覚える狡い自分がいるのも、事実で。

そうしてこの世界に馴染んでいく自分に気づくたび、罪悪感が胸に重くのし掛かる。

自分は元の世界に帰るのだ。いずれは去ってしまうのだから、期待を持たせてはいけない。自分にそう言い聞かせ続けているのに、ふいに心が揺れそうな瞬間があって……胸が苦しくなる。

だからこそ、ヴィルヘルムの言動に過剰に反応してしまって……。

けれどそんなことは、リアムを傷つけていい理由にはならない。

リアムがずっと、璃人を巻き込んでこの世界に連れてきてしまったことに罪悪感を抱えていて、疎まれているんじゃないかと心配していることを知っていたのに。

――謝らないと。

「うあ…ッ⁉」

足元が木の根に引っ掛かり、璃人はたたらを踏みながらなんとか体勢を立て直す。ホッとしたのもつかの間、周囲がやけに暗くなっていることに気づき、まだ日が沈む時間でもないのにと眉を寄せた。

改めて周囲を見回すと、さっきまでとはどこか森の様子が違う。なにかじっとりとした冷たい空気が暗くよどんだ森の奥から流れ込み、身体にまとわりつくのを感じて、ゾクリと背を粟立たせた。

「――暗闇を照らす灯火よ。我が下に在れ――」

石板を取り出して魔力を込め、術式を唱えて明かりを作り出してみたものの、なぜかわずかな範囲しか照らすことができなかった。

――そういえば……ヴィルが「おかしい」って言ってたっけ……。

てっきりついてきてくれているとばかり思っていた彼の気配もないことに気づき、全身からドッと冷や汗が湧き出す。いつもは過保護すぎると呆れたりうんざりしたりしているくせに、いざいないとなるとこんなに不安に感じるなんて。

似たような木々が鬱蒼と繁り、方向感覚すらおかしくなりそうな景色の中、とにかくリアムを見つけ出さなければと、募る焦りに急かされるようにして森を進んでいると、

「止まれ」

威厳ある低い声が耳に飛び込んできて、璃人はハッとして、足を止める。

声のほうを振り向くと、そこには長く艶やかな黒髪の男性が立っていた。

憂いを帯びた表情をしたその人と会ったことなどないはずなのに、なぜか既視感を覚えて、璃人は戸惑う。

「やはり我の言葉が聞こえるのか。異界の御子よ」

さらに意味の分からないことを口にする男性に、璃人の眉間のシワが深くなる。

「なにを言って……」

からかっているのだろうかといぶかしく思いつつ、問い返そうとした時、彼の身に着けているのが王国軍の軍服だと気づいて、璃人は目を輝かせた。

「あ……あのっ、もしかしてあなたは予科の教官ですか⁉　リアムが、初等部のリアム・ギャレットがいなくなってしまって……っ」

教官たちは基本、王国軍の現役の軍人だ。所属する隊などによってデザインや色が異なっていて、とてもすべては把握できないが、その黒地に鮮やかな緋の差し色の軍服につけられた勲章の数と身のこなしを見れば、男性がそれ相応の力を持っていることは璃人にも察しがついた。

教官なら自分よりこの森のことにも詳しいだろうし、魔術にも秀でているはずだから探索魔術で居場所を探し出してくれるかも、とすがる思いで言い募ると、

「……犬霊族の子か？　それならば、こちらだ」

男性はあっさりとそう返して歩き出す。

慌てて彼のあとをついていくと、少し進んだ先に生えている大樹の根元にうずくまるリアムの姿があった。

「リアム…っ」

しかし声をかけたとたん、リアムはそのふわふわな尻尾をビクッと逆立たせる。

『り、ひとさま……？』

こわごわといった様子で振り向いたリアムは、璃人と目が合った瞬間、唇をわななかせた。

『ご、ごめ、なさい……！　かってにぬけだして、また…っ、ごめいわく、かけて……っ』

縮こまるようにして身を地面に伏せ、震える声で謝罪する。

「ぁ……」

リアムのその怯えた姿に、璃人は立ちすくむ。

初めて会った時も、恐怖と不安に震えていて……けれど今、リアムを傷つけているのは自分なのだ。

元の世界に帰るためにはこの世界の人々の協力が必要で、様々な人と関わるようになった。けれど

いつも心の片隅では、この世界に未練を残さないために、深く関わったり、思い入れを作ったりしてはいけないと自分を戒めていた。そんな璃人の心の壁を、上っ面だけの態度を、リアムは敏感に感じ取っていたに違いない。そしてずっと、自分のせいだと己を責め続けてきたのだろう。

「……………ッ」

あまりに自分勝手だ。時が来れば自分はこの世界を捨てるのだと、壁を作って深く踏み込ませないようにしていたくせに。傍に寄り添い、慕ってくれていた存在が離れていってしまうかもしれないと想像しただけで、苦しく、恐ろしいと感じるだなんて。

心の奥にある自分の浅ましさを自覚して、璃人はきつく唇を食い縛る。

そんな自分がいくら謝罪したところで、空虚で心がないと、余計にリアムを傷つける気がして、声を発するのも怖くなってしまう。

互いの間に空いた距離を埋められず、凍りついたように身じろぎもできない重苦しい時間が続いて——けれど突然、ドォン…！　と大きな地響きがして、璃人はハッと顔をはね上げた。

茂みを激しく揺らしながら灯火の届かない暗闇の奥からなにかが近づいてくる気配に身構える。

すると姿を現したのは、頭にぼろぼろの大きな翼のようなものを生やし、渦巻くように逆立った暗灰色の毛に覆われた、璃人の四倍はあろうかという巨大な得体の知れない生物で……小さな灯火に照らされ浮かび上がるその禍々しい姿に、璃人は鋭く息を呑む。

「……………ッ!!」

得体の知れない生物の憎しみにギラギラと光る赤黒い双眸がこちらに向けられた瞬間、璃人はとっさに、目を丸くして固まるリアムの身体を抱き上げ、音とは反対方向に走り出した。

遅れてやってきた恐怖にドッと冷や汗が噴き出すのを感じながら、とにかく異形の生物から逃れようと、璃人はすがるようにリアムのふわふわの小さな身体を抱き締めながら、息せきってがむしゃらに暗い森の中を駆け抜ける。

しかし前方でガサリと茂みが動く気配がして、恐怖に思わず足がもつれてしまい、璃人は体勢を崩してたたらを踏んだ。

「璃人……ッ！」

そのまま転びそうになった璃人の身体が、寸前で逞しい腕に支えられる。

驚きに顔を上げると、髪を乱し、動揺と不安の余韻をにじませたヴィルヘルムの相貌があった。

「無事でよかった…っ」

「……ヴィル…っ」

狂おしげな呟きとともにヴィルヘルムにきつく背を抱き締められた途端、張り詰めていたものが解け、璃人の瞳にこらえきれず涙が込み上げる。

「オイ、なに情けねェツラしてんだよ」

しかしふいにからかうような声が飛んできて、えっ、と思って振り返る。すると、

「フィッツバーグ先輩⁉　それに、ステファノス先生やみんなまで…っ」

ダミアンやブルーノたちファフニール寮の面々が璃人のところへ次々と集まってきている光景に、璃人は目を見開いた。

「この森だけ磁場がおかしくなっている上によどんだ魔素が充満していて、短い距離しか魔力が届かないんだ。それでファフニール寮の皆を呼び集めて、網の目のようにそれぞれが感知できる範囲を繋

いで探索を続けていたんだが……」

ヴィルヘルムは顔を上げ、上空へと鋭い視線を向けると、

「まさか……神竜の加護を受けしこの士官学校の敷地に『魔獣』が姿を現すとはな」

そう呟いて璃人を背にかばい、大剣を構えた。

ヴィルヘルムのその視線の先には、頭に生えた羽を羽ばたかせ、不気味に巨体を宙に浮かせながら迫り来る魔獣の姿があった。

その悪夢のような光景に圧倒されて息を呑む璃人の前で、彼はかざした大剣を強く握り締めると、

「《神速刹那付与》《金剛鋼付与》《剛腕武刃付与》《疾風雷同付与》」

極限まで省略した詠唱で強力な強化効果を四つ、同時発動させる。すると大剣がブゥ…ン、とまばゆく輝き、バチバチと弾ける稲光をまといはじめた。

剣の柄に宝珠が埋め込まれた戦闘用の魔導具は璃人も授業で触ったことがあったが、大粒の宝珠が四つもついているものを見るのも、同時に発動するのを見るのも初めてだった。理論上、魔導具の力を引き出す宝珠は多いほど、複雑な術式を複数発動することができるが、普通は一つを制御するのが精一杯で、同時にいくつもの宝珠を制御するのは難しいからだ。

「ファフニール中隊諸君。短距離にしか魔力が届かないならば、魔導具にできうる限りの力を込めて直接攻撃をぶちこんでやればいい。仲間の攻撃の妨げになるおそれのある獣化は、非常時のみ使用化とする」

ヴィルヘルムは稲妻を帯びた大剣をかかげ、高らかに指揮を執る。

すると即座にみんな、「おおッ！」と気合いの入った掛け声とともに剣や槍など各々得意とする戦

闘用魔導具を構え、詠唱をはじめる。

「覚悟はできているな？　ファフニール中隊、魔獣を駆逐するぞ！」

みんなが準備を終えたのを確認して、ヴィルヘルムは号令とともに先陣を切って魔獣へと突撃した。

驚くべき速さで距離を詰め、ヴィルヘルムが大剣を一振りした刹那、ゴウッと音を立てて吹きつける強風と同時に激しく渦巻く雷が魔獣へと襲いかかる。

『ヴオぉ……ッ!!』

疾風に身を切り裂かれ、雷に打たれ、魔獣はまるで呪詛を吐くがごとき恐ろしげな呻き声を上げた。

――え……？

その時、不意に頭の中に響いてきた声に、璃人は目を見開く。

飛ぶ力を失った魔獣はそのままズゥン、と重い地響きを立てて草むらに落ちる。

それを好機とばかりにファフニール隊のみんなが魔獣を取り囲み、攻撃を加えていく。

しかし魔獣は、切り込んでこようとするファフニール隊のみんなを頭の羽をばたつかせて打ち払い、太い腕を狂ったように振り回してその鋭く伸びた爪で引き裂こうともがく。

「クソッ、往生際悪く暴れやがッて！　弱ってるクセに、まだこんな重い攻撃できンのかよッ」

魔獣の爪をすんでのところで弾いたダミアンが忌々しげに言うと、

「ああもう面倒くせェ！　みんなどけ！　俺が完膚なきまでに叩きのめしてやンよ……ッ」

そう吐き捨て、魔獣と負けず劣らず巨大な紅蓮の竜の姿に変化した。

そして竜化したダミアンが魔獣に襲いかかろうとした時、今までよりも鮮明に、つんざくような悲鳴が璃人の頭の中で響き渡った。

「待って……！　フィッツバーグ先輩、止めてくれ……っ」

衝動に突き動かされるようにして璃人は叫び、前に出ようとする。けれど、

「璃人⁉　後ろに下がっていろ」

先制攻撃のあとはファフニール隊のみんなを見守りながら璃人を護衛していたヴィルヘルムが慌てて腕をつかみ、制止してきた。

「いやだッ！　だって、その子……ずっと泣いてるんだ！」

ヴィルヘルムに腕をつかまれて阻まれ、それでも必死に振りほどこうともがきながら璃人は訴える。

『はァ…？　オマエ、いったいナニ言ッて……』

「聞こえるんだよ！　おどろおどろしい憎しみと怒りの唸り声に混じって、苦しい、寂しい、ツラい、怖い……って泣いてる声が…っ」

どうかしている、といわんばかりのダミアンの問いかけにも、怯まず璃人は言い募った。

「……聞こえる、とは……まさか璃人、魔獣の言葉が分かるというのか……？」

信じられない、という表情をしながらも確認してきたヴィルヘルムに、璃人は迷いなくうなずいた。

自分でも、最初は半信半疑だった。

だからなかなか切り出せずにいたのだが、攻撃されるたびにどんどん悲痛さを増していく声に、確信したのだ。

頭の中に聞こえ続けるこの声の正体は、目の前の魔獣からの救いを求める声なのだと。

「なあ、俺の言葉分かるか⁉　俺、聞こえてるよ。もう攻撃しないから頼む、暴れないでくれ…っ」

なんとか拘束を振りほどいて前に出ようともがきながら、璃人は必死に魔獣に向かって語りかける。

『おい、やめろ！　ムダだっての…ッ、魔獣なンかに言葉が通じるわけが――』

「分かろうともしないで、勝手に決めつけんなよ！」

苛立った様子で言うダミアンをキッと睨み上げ、璃人は声を張り上げた。

「あんたらこそ、分かるのかよ⁉　いきなり見知らぬところに迷い込んだと思ったら、今までの常識も通用しない、なにもかも未知の世界に放り出される恐ろしさが……！」

心の奥に溜まっていたものを吐き出すようにして訴える璃人に、それまで戦意に漲っていたみんなが静まり返る。

「訳分かんないままで不安な俺たちに、勝手に決めつけてきて、そっちの常識とやらを押し付けて……そんなんで、理解なんてできるわけないだろッ」

璃人がその言葉を口にしたとたん、強張り、息を呑むヴィルヘルムの気配が伝わってきた。

「いきなり変化した身体に驚いて、戸惑って……それなのに勝手な思い込みで傷つけられて、悲しくて憎くて……言葉が通じた俺でも大変だったのに……お前はずっと、なにを言っても誰にも分かってもらえずに独りで苦しんだんだよな……」

璃人が言葉を重ねるたびに、魔獣の憎悪に満ちた敵意も萎み、薄れていく。

『キュウゥ……ィ』

魔獣は弱々しい鳴き声を上げると、急速に小さく萎んでいって……リアムたちと同じくらいの大きさになり、力尽きたように草むらに倒れ込んだ。

「………ッ」

その痛々しい姿にたまらず、傍にいこうと璃人は一歩踏み出す。

「璃人、駄目だ……！　あの姿も油断させるための擬態かもしれない」

だがヴィルヘルムは璃人の腕の拘束を緩めずにそう警告してきた。

「確かに……信じるのは、怖いよ……」

ヴィルヘルムやリアム、そして寮のみんな。自分にはこれだけ身を案じてくれる人たちがいて……こんな恵まれた状況でも、彼らにありのままの自分を晒すのは恐ろしくて、心の壁を作っていた。それは、どこかで彼らを信じきれずにいたからなのだろう。

「けど俺は、この子の助けを求める切実な気持ちは嘘じゃないって思う、この直感を信じたい」

だから、目の前で震えるこの子を信じることからはじめたい。これ以上傷つけ合わないために。

そう固く決心してヴィルヘルムを見つめ返す。

すると……苦悶の表情を浮かべながらも、ヴィルヘルムは覚悟したように目を閉じ、ゆっくりとつかんでいた手を離した。

「ありがとう」と一言告げて、腕に抱えていたリアムをそっと地面に下ろす。

『りひとさま……』

涙をいっぱいに溜めた瞳で見つめてくるリアムの頭をそっと撫でて、深呼吸すると、璃人はぐったりと横たわる小さく縮んだ魔獣へと歩み寄った。

みんなが固唾を呑んで見守っている中、魔獣の傍らにしゃがみこむと、璃人は祈るような気持ちで「怖がらないで」と語りかけ、その小さな身体にゆっくりと手を伸ばした。

傷に障らないように注意を払いながら状況を確かめると、思った以上の深刻さに璃人はたまらず顔をしかめた。

『キュゥ……』

救いを求めるように見上げてくる魔獣に、璃人は唇を引き結ぶと、

「ごめん。俺の力じゃ、少し痛みを和らげるくらいしかできないと思うけど……」

せめてもの応急処置になればと石板を片手にありったけの魔力を込めて治癒術式を唱えながら、もう片方の手を一番酷い傷がある部位へとかざした。すると――

「え…っ⁉」

みるみるうちに魔獣の身体が淡い光に包まれていって、暗灰色にとぐろをまいていた毛は輝くようなふかふかの純白の産毛に変化し、ぼさぼさになっていた頭の羽も、ふわふわの綺麗な羽へと生まれ変わっていった。

『あり…がと……』

魔獣からまるで子ウサギのような姿となったその子は、濁りが取れて透き通った真紅に変わった瞳を潤ませ、頭に響く声ではなく、はっきりと言葉を口にした。

「これが、お前の本当の姿だったんだな……」

璃人は傷も塞がっているのを確認して、腕の中に抱き締めると、「よかった」と呟いて、こらえきれずポロポロと涙を零した。

魔獣が小さな動物に変化してしばらくすると森の異変は消え、無事に校舎へと帰ることができた。

だが戻ってすぐ、神竜の加護を受けて安全を期しているはずの士官学校の敷地内に魔獣が現れたと

いうあるまじき大事件に、急遽、その場に居合わせた璃人とリアム、そしてブルーノやダミアンをはじめとする寮生たちが王宮に招集されることとなった。

「――それで……これが、例の魔獣だとおっしゃるのですか」

集められた会議室で一連の経緯を説明し終えると、璃人の腕の中でふるふると震えながら身を縮めている小さな身体を覗き込みながら、生物学に精通しているという導師が信じがたい、といった表情で問いただしてきた。

「はい。正確に言うと、この子……ティルは、もう魔獣じゃないです」

「ティルとはその小動物の名ですか？　魔獣ではない、と言い切る根拠はなんでしょう」

「それ……は」

導師から立て続けに質問され、璃人は口ごもる。

あのあとティルは色々と話をしてくれたのだが、元の姿に戻ってからも相変わらず他の人たちはティルの言葉を理解できないでいる。だからただの思い込みにすぎないのではないか、と彼らが疑念を持っているのを感じ取って、璃人の胸の中にじわりと不安と焦燥感が湧き出してきた。

「ご覧の通り、この者からは負の魔素が消失しております。遭遇した時はこの十倍ほどの大きさだったのが、異界の御子と対話したのをきっかけとして理性を取り戻し、今の姿となったのです。皆様は魔獣としての攻撃性を、この者から感じますか？」

うまく返せずにいる璃人をブルーノがフォローし、そう訴えかける。

しかし魔獣討伐のための専門部隊を率いてきたという将軍は苦虫を噛み潰したかのように顔を歪め、

「幾度も魔獣を目の当たりにしてきた身から言わせてもらえば、魔獣と対話をしただの、それで魔獣が魔獣でなくなっただの……失礼ながら、到底信じがたいことばかりだ。皆揃って集団幻覚のたぐいの術をかけられたか、もしくはその小動物が本体ではなく、肉体を持たぬ魔獣がそやつを依り代としていただけで、ダメージを受けたことで一時的に霧散したあと他の肉体に移っただけ、ということも考えられるではないか。……例えば、その時一番傍にいた者に憑依した、とか」

そう言いながら、横目で璃人を見やった。

「一番傍にいた、って俺のこと……ですか」

想像もしなかった疑惑の声に、キン、と後頭部が冷たくなるのを感じる。

「おい…ッ、そりゃいくらなンでも暴論すぎンじゃねェのか⁉」

「ダミアン！　宮中だぞ、控えるんだ」

食って掛かろうとしたダミアンを、ブルーノが苦い表情を浮かべて制した。

「あくまで例えば、の話だ。だが事実、身体を十倍にも膨れ上がらせるほどの魔素が一度に抜けたとすれば、それがどこにいったのか疑問に思わないか？」

問いの形を取りながらも強い警戒をにじませてじっとりとしたまなざしで眺めてくる将軍に、璃人はなにも返すことができずにうつむく。

酷い言いがかりだと反論したいけれど、それを否定する証拠はなにもないのだ。

そもそも『異界の御子』に対してすらいつ『堕落』するかもしれないと警戒心を抱く声もある中で、自分の主張も、将軍の例え話と同じレベルの妄想だと思われているのかもしれないと思うと、絶望に目の前が昏くかすむ。

ふいに『きゅー…』とか細い鳴き声が聞こえて視線をやると、腕の中のティルが不安そうな瞳で見上げてきた。

――負けちゃ駄目だ。この子を信じて、守るって決めたんだから……！

歯を食いしばって己のふがいなさに折れそうだった心を奮い立たせ、顔を上げようとした時――

突然、重い音を立てて扉が開け放たれる。

「陛下……ッ⁉」

扉の向こうから、サイラスたちを引き連れて大きな白金の竜の姿となったヴィルヘルムが現れたのを見て、璃人を取り巻いていた臣下たちがギョッとした様子で声を上げた。

『まずは自分たちが事の仔細を見定めると申すから、いったいどんな有益な話をするのかと様子を窺っていたが――とんだ茶番だな。誰がいつ、御子に対してそのような無礼な物言いを許した？』

大気を震わせるほど重々しく響き渡る静かな怒気を孕んだその声に、臣下たちが一斉に平伏した。

『今までの常識を覆す出来事に戸惑い、受け入れがたいと考えてしまう皆の心情は分からないではない。だが長らく異界の御子が現れなかった我が国にとって、璃人の存在そのものが奇跡であり、希望なのだ。その彼が、今まで我々が想像もし得なかったことを成し遂げたとしてなんの不思議がある』

臣下一人一人を見回し理解を示しつつもそう諭すヴィルヘルムに、おずおずと導師が口を開く。

「それは……もちろん、存じ上げております。ただ、今まで破られることのなかった神竜様の加護下である士官学校の敷地内での魔獣発生という非常事態が起こった以上、あらゆる可能性を考慮し、原因を突き止める必要がございます。御子はまだ年若く、この世界の理も理解しきれてはいない状態なのです。ですから――」

『逆に経験が思い込みを生み、視野を狭め濁らせることもある。これまで数多くの魔獣を討伐してきた我らにとって、魔獣は完全な悪であり、相容れぬ存在でいたほうが都合がいい。しかし……そうではない可能性が出てきた今、これまでの常識を疑い、変えていくことこそを考えるべきではないのか』

ヴィルヘルムが告げたその言葉に、会議室の空気が凍りつく。

「そ、それは……しかし……っ」

将軍がうろたえた声を漏らし、落ち着きなく視線をさまよわせる。

――ああ…、そうだったのか。

今までの常識を突然覆される恐ろしさは、璃人自身痛いほど分かっている。

これまで正義だと信じて魔獣を倒していた彼らにとって、もしかしたら自分が手にかけた命が、ティルのようにいたいけな子に戻る可能性があったのだとしたら……一気に自分を支える正義が崩され、罪の意識に苛まれることになってしまう。

自分を守るために、常識が変わることを拒絶し、目を背けようとする。

それも璃人自身、痛いほど身に覚えのある感情だった。

『ちなみに以前、御子専属の護衛官をつける話はしたな？　その護衛官自身が今回の一部始終を実際に目撃し、御子やファフニール中隊の諸君の証言すべてを真実だと認めている。――それでもまだ、集団幻覚だのと妄言を垂れ流すつもりか？』

護衛官の正体が、目前にいる王であることを知っているのだろう。将軍は顔を蒼白にして跪いた。

「た、大変なご無礼を……お許しください…ッ」

『非礼を詫びるというなら、相手は俺ではないだろう』

声を震わせて謝罪する将軍に、ヴィルヘルムは冷徹にそう言い放つ。

「……はい。御子様、先ほどの失言、誠に申し訳ございませんでした」

粛々と頭を垂れつつも、きつく眉根を寄せて苦渋を示す将軍のその表情から、いまだ璃人の言葉を受け入れかねていることが読み取れた。

やはりそう簡単に人の考えを変えることはできないのだと、胸に痛みを覚えつつ考えていると、

『ティル、といったか。恐ろしい思いをさせてすまなかった』

ヴィルヘルムがティルへと向き直り、視線を合わせるように顔を覗き込んで詫びた。

「ヴィルヘルム陛下…ッ。陛下がそのような……！」

「そうです、我ら竜人族の王よ！　元はといえば、魔獣だったソイツが森に無断侵入した上に、うちの寮生を襲ッたせいなンだから……ッ」

これには臣下たちだけではなく、ダミアンからも諫める声が上がる。

しかしヴィルヘルムはまったく動じることなく彼らを見返すと、

『皆を束ねる王であるからこそ、これまでの我々の行いに対しての責任を負わなければならない。

――そもそも、我々が考えていた前提そのものが間違っている可能性があるのだからな』

静かにそう諭した。

『この者が単独で神竜の加護を打ち破って気づかれぬよう士官学校へと侵入し、さらに森全体の磁場を狂わせるほどの大きな魔力を発していたとは考えがたい。それだけの力があれば、ただ暴れるだけではなく、もっとうまく立ち回れたはずだ』

「それは……っ」

ヴィルヘルムの指摘に、導師は動揺した様子でなにかを言おうとするものの、返す言葉が見つから

なかったのか、そのまま押し黙る。

『……異界の御子と交わらない時代が長く続き、我らはいつしか自分達と違うものを受け入れることができなくなってしまっていたのだろうな』

臣下たちの顔を見渡し、そして己を省みるように呟いて、ヴィルヘルムは嘆息する。

『異界の者の言葉を理解できる御子の力が発現した今、当事者のティルの話に耳を傾けようともせずに元凶だと決めつける――そういったところからまずは変えていかなければならないと俺は思う』

ヴィルヘルムの問いかけに、臣下たちは先ほどよりも神妙な表情で沈黙した。

璃人がヴィルヘルムの言葉を伝えると、ティルはつぶらな瞳からポロポロと涙を零す。

「ヴィル…、ヘルム陛下。ありがとうございます。ティルも、暴れてしまったことを申し訳なく思ってて、怒られるに違いないってずっと怯えてたから……そう言ってくれて、嬉しいです」

ティルのふわふわの頭をよしよしと撫でてあやしながら璃人がそう言うと、ダミアンたちも気まずげな表情を浮かべて顔を見合わせる。

「『ごめんなさい』……それと『ありがとう』って？　ほら、な？　怖い人じゃなかっただろ？」

ティルと語らいながら、璃人は腕に抱っこしている小さな身体を持ち上げて、ヴィルヘルムの顔の近くに寄せる。

すると固い鱗に覆われた鼻先に、すりすりと頭を擦り付けてきたティルに、ヴィルヘルムは目を丸くした。

「あははっ。ヴィルヘルム陛下にこんな顔させるなんてお前、なかなかやるなぁ」

近寄りがたいほどに威厳あふれるその相貌が驚きに崩れる光景におかしくなって、璃人はティルの頭をくしゃくしゃと撫でながら悪戯っぽくヴィルヘルムを見上げた。

そんな璃人をヴィルヘルムはフッと目を細めて見つめたあと、

『言葉だけでここまであっさりと心を許すとは思わなかったんだ。……純粋なのだな』

どこか複雑そうな表情でそう言い添える。

ヴィルヘルムの言葉をティルに伝えると、『りひとさまがしんじてるひと、だから』と返されて、思わずドキリとする。

確かに、先ほどのヴィルヘルムからは言葉だけではない真摯な気持ちと覚悟を感じたし、色々ありつつも少しずつ理解し合うようになって、信用に足る人物だと思いはじめているけれど……。

『……ティルはなんと言っているんだ？』

「や、あの……ティルに学校の森へどうやって来たのか聞いたんだけど、暴れる前のことはほとんど覚えてないみたいで……誰かに呼ばれたような気はするけど、それもぼんやりしてて具体的には分からないらしいです」

黙っているとヴィルヘルムに通訳を促され、璃人は話題を変えようととっさにその前に聞いていた話を持ち出した。すると、

「ぼくとおなじだ……」

それまで沈黙していたリアムが、ぽつりと呟いた。

『同じ、とは？　リアム、知っていることがあれば話してくれ』

「えっと……あの、ぼくもりにはいったとき、だれかによばれたきがしたんです」

ヴィルヘルムに問われ、リアムはたどたどしく言葉を紡ぐ。

『その誰か、というのはどんな声だった？』

「はっきりとしたこえとかがきこえたわけじゃなくて……うまくいえないけど……あ、おもいだしました！　りひとさまのせかいにつれていかれるときにも、にたかんじがしたんです」

リアムのその言葉に、璃人はハッと気づく。

リアムの居場所を教えてくれた教官の声を、どこかで聞いたことがあると思ったが、それは――

「そうか、あの声……俺がこの世界に来る時に、聞いた声、だ……」

『璃人？　なにか心当たりがあるのか』

璃人の呟きに、ヴィルヘルムが問いかけてくる。

この世界に来る直前に聞いた声と、異変が起こった森で出会った男性の声がとても似ていたこと、そしてその男性の特徴などを説明すると、

『黒地に緋の差し色の軍服だと……』

怒りを孕み地を這うような低い声を放ったヴィルヘルムに、璃人はギクリとする。

「陛下、まさか……」

『ああ。忌まわしい事件のあと廃止となった将校服……先々代の王、ダドリーが失踪する前に着ていた服だ』

傍に控えていたサイラスに強張った顔で問われ、ヴィルヘルムはどこか予感していたかのようにうなずき、そう告げた。

「忌まわしい事件、って……」

『……詳細はこの場で話すことはできない。だが、これで今回の事件はティルが首謀者ではないこと

が明らかになり、その黒幕の目星もついた。忌々しいがあの男ならば、それだけの力がある』

気になって尋ねてみたものの、重々しい口調で返してきたヴィルヘルムに、これ以上踏み込んではいけないと察し、璃人は口をつぐむ。

「しかし、この者の処遇はどのように……？　さすがにこのまま放置するわけにもまいりますまい」

導師がティルを見やりながらおずおずと伺いを立ててくる。

「あ、あのっ、俺が――」

言いかけて……璃人はハッとして言葉を途切れさせる。

――いつ、この世界からいなくなるか分からない俺に、ティルを責任持って面倒見る、だなんて言えるのか……？

困惑した雰囲気でざわめく中、なにも言えず璃人が立ち尽くしていると、

「ぼくが、ティルのおせわします！」

突然、リアムが身を乗り出し、声を張り上げた。

驚きに目を見開く璃人とティルを交互に見つめ、リアムはぎこちなく笑うと、

「りひとさまがここにきたから、ティルはたすかったんですよね。りひとさまがここにきたことをむだじゃなかった、っておもってもらえるように……りひとさまが、もとのせかいにもどれることになったとき、あんしんしてかえれる、ように……ぼく…っ」

そう言い募りながら、途中でふいに声をかすれさせ、うつむいた。

「……ごめん、リアム……ごめん…っ」

胸が熱くなって、璃人はたまらずにティルを抱えたままリアムの身体をぎゅっと強く抱き寄せる。

「なん、で……りひとさまがあやまるんですか…?」

呆然とした様子で見上げてくるリアムの瞳に涙が溜まっているのを見て、璃人は疼く胸とともに自分の愚かさを噛み締める。

「嘘、ついたから……俺、子供なんか好きじゃない、だなんて……」

元の世界に戻るのだから、必要以上に関わるのはやめようと強がる心の裏で、この世界に馴染み、染まっていってしまうことに怯えていた。

けれど今、自分の周りにいる人たちを拒絶して傷つけるのは、違う。

手が届かなくなってから、ああすればよかったとか、こんなことを言わなければよかったと後悔するつらさを知っていたはずなのに。また同じことを繰り返すところだった。

「それに……俺、本当は……ここに来てよかった、って思うことが増えたんだ。だから……ここにいる間、みんなにもそう思ってもらえるように俺、頑張るから…っ」

いずれは去っていく世界だったとしても、自分の気持ちを認めて、自分を支えてくれる人たちと誠実に向き合っていきたい。

「りひと、さま……っ」

リアムは璃人にぎゅっと抱きついて、その瞳に涙をあふれさせる。すると璃人の腕の中に一緒に抱き込まれたティルが『キュゥン』と鳴いてリアムの目尻に溜まった涙をペロペロと舐めてきた。

「わっぷ、ちょ……こらっ、くすぐったいってば……っ」

顔がべちょべちょになるほど舐め回してくるティルに、リアムは身をよじりながら笑みを零す。

その様子を微笑ましく眺めながら、璃人は二人のやわらかであたたかな身体を抱き締めた。

5

王宮にて森での一件の調査協力やティルの受け入れ準備を整えたあと、璃人が士官学校の寮へと戻ってこれたのは、一ヶ月ほど経った頃だった。バタバタした日々が続いたが、ようやく少し落ち着いてきた。

朝起きて、食堂に向かっていると、

「璃人！　今日は予科に行かなくて大丈夫なのか？」

駆け寄ってきた同級生たちに声をかけられて、璃人は足を止める。

「うん。ティルも予科のみんなにだいぶ馴染んできたから、今日は久しぶりにこっちで食事を摂ろうかなって思ってさ」

リアムが世話役を買って出たことと、なにかあった時の対処もしやすいという理由で、ティルは今、ドラグーンロウ予科士官学校でこの世界に順応できるように教育を受けている最中だ。

不安に怯えるティルのために、璃人が王宮では付きっきりで世話をし、予科に移ったあとも、特別に許可を取って出来うる限り彼のところに通うようにしていたのだ。

「すごかったって、噂で持ちきりだよ。『異界の御子』様の大活躍、僕も見たかったな。璃人のおかげで魔獣が理性を取り戻したって、学校中大騒ぎになってるんだ。珍しくあのダミアンまで、璃人のこと認めてるみたいで――」

「アァ？　俺がなンだッて？」

突然、聞き覚えのある声が割り込んできて、同級生たちはヒェッ、と声を漏らし飛び上がった。

「勝手なことさえずってンじゃねェよ。ッたく」

相変わらずの悪態に苦笑いしつつ、璃人は背筋を伸ばしてダミアンに向き直ると、

「あの……フィッツバーグ先輩、助けに駆けつけてくれてありがとうございました。ずっとお礼言わなきゃいけないって思ってたんです」

改まって礼を告げ、深々と頭を下げた。

「……なンだよそりゃ。イヤミか？　あの時お前が言ったンだろ。結局俺がやったことは全部、無知と無理解による暴力だ、ッて」

「でも、先輩はちゃんと俺の話に耳を傾けて、攻撃の手を止めてくれたじゃないですか。それに王宮で将軍に疑いの目を向けられた時、抗議してくれましたよね」

自虐的に言うダミアンをまっすぐ見上げ、璃人はさらに言い募る。

疑心暗鬼にかられた臣下たちの冷たい視線に絶望を感じていた時、味方してくれたのがどれほど嬉しかったたか。

「あれは……元々俺は、ああいう偉そうな連中が大ッ嫌いだからだ」

戸惑ったように璃人から目を逸らし、ダミアンはそう言って小さく舌打ちした。

「……大嫌いなはず、だったのに。結局俺も、アイツらと同じような価値観に染まッてたんだッて思ったら、腹が立ッて……なンだ、その」

苦々しげに顔を歪めて自嘲するダミアンに、璃人は静かに首を振る。

「そう気づいても、なかなか今までの自分の価値観を改めたり、新しいことを受け入れるのって難し

いから……だからすごいって思うし、仲間だって認めてもらえたようで、嬉しかったんです」

だからそんな風に負い目に思わないでほしいと、璃人は微笑いかけた。

「はァ!? べ、別に認めるとか仲間とか……そもそも同じ寮なンだしよ、そンなご大層なモンじゃねェだろうが。大袈裟すぎンだよッ」

ダミアンは焦った口調でまくし立てたあと、璃人を見やり、「……だからそンな顔すンなッての」と呟き、咳払いすると、

「あー……その、あの魔獣……じゃなかッた、ティルだったか？ アイツ、予科の方で預かることになッたンだろ？」

頭をかきながらそう尋ねてきた。

「はい。俺、休み時間や放課後とかによく様子見に行ってて。よかったら、時間がある時にでもフィッツバーグ先輩も顔を出してやってください」

ティルのことを気にかけてくれる人が少しでも増えれば、と璃人は駄目元で誘ってみる。すると、

「ダミアンでいい」

ぽつりとそう零したダミアンに、璃人は「え？」と目を見開く。

「気が向いたら、行く。じゃあな」

思いがけない言葉に呆然とする璃人に、ダミアンはそう言い残して立ち去っていった。


――そして放課後。

「りぃとしゃまーー!!」

予科の本館にあるレクリエーションルームへと入った直後、真っ白い身体がまっすぐにこちらに向かって突っ込んできた。

「うぉっと！　……こらティル、教室で飛び回ったら駄目だって言っただろ」

ウサギの耳のような頭の羽をパタパタとはためかせながら飛び付いてきたティルをなんとか受け止めて注意したら、とたんにティルは「ごぇんなしゃい」とシュンとしおれ、瞳を潤ませる。

「でもだいぶ迷わずしゃべれるようになってきてるじゃないか。すごいぞ」

そう言ってよしよしと頭から首あたりを撫でると、ティルは目を輝かせ、しおれたように垂れていた頭の羽を嬉しそうにパタパタと羽ばたかせる。

璃人はティルと意思疎通ができるが、それはあくまで璃人の特異能力によるものらしく、璃人自身はティルにこの世界の言葉を教えることはできなかった。だからティルの言葉を璃人が通訳し、王宮の高名な導師たちがその言葉を一つ一つ記録、分析するという作業を続け、基礎ができたあとは、予科の教官、そしてリアムたちとともに生活しながら生きた言葉を教えてもらって、やっとたどたどしくはあるがこの世界の言葉をしゃべれるようになってきたのだ。

「ティルくん、すっごくがんばってるんですよ。ぜったい、りひとさまをうそつきだなんてよばせない、って」

「……ティル」

リアムの言葉に、璃人はまじまじとティルを見つめた。

魔獣ではなくなったのだと主張した時、散々飛び交った否定的な意見。理人の主張がヴィルヘルムに支持されたあとも、それを完全に消すことはできずにいる。

時間を経てまた元の魔獣に戻るのでは、と疑心暗鬼になっている者たちはいまだティルに冷たい目を向けていて……なのに、そんな中で璃人の心配をしているだなんて。

その健気さに胸が締め付けられて、璃人はたまらずティルをぎゅっと抱き締める。

「りひとさま、おべんきょうしながらほんやくのおしごともしてて、おつかれじゃないですか?」

「や、全然。リアムこそ、ずっとティルの世話してくれて……大変だったろ? 本当にありがとう」

リアムがいなければ、自分だけでは充分にティルを支えることはできなかっただろう。

感謝と労いの気持ちを込めて、ふかふかの髪の毛に包まれたリアムの耳の後ろを優しく撫でる。するとリアムはくすぐったそうに肩をすくめながらも顔をほころばせた。

――またこうしてリアムと笑い合うことができて、本当によかった……。

自分を大事に思ってくれる存在の有り難さをしみじみと噛み締めながら、璃人は二人を引き寄せ、頰擦りする。

「なんだここは。保育所かよ」

前触れもなく開いた扉から悪態とともに現れたダミアンに驚きつつも、気のない風なこと言ってたくせにその日のうちに来てくれたんだと思うとなんだかおかしくなって璃人はつい笑ってしまう。

「……オイ。なんだよ、その顔は。お前が来いッて言ったンだろ」

「ッ、す、すみません。ほんとに来てくれたんだな、って思って」

ムッとした顔で言うダミアンに、璃人は慌てて言い繕う。

「俺と同じ寮のダミアン先輩だよ。ほら、ティルご挨拶して?」

璃人は怯えるティルをなだめつつ、そう言ってダミアンのほうへ向けた。

「……ぁじめまし…て、ぼく、ティル、ゅいます」

ぴるぴると震えながら一生懸命言葉を紡ぎお辞儀するティルに、ダミアンは面食らった様子で目を丸くしたあと、

「オ……オウ。よろしく、な」

どこか困ったような表情で頭をかきつつも挨拶を返した。

すぐには難しいかもしれないけれど、こうして少しずつでいいから、ティルのような存在が認められ受け入れられていけばいい。

ぎこちなく言葉を交わす二人の間を取り持ちながら、璃人はそんな願いと希望を抱き、微笑んだ。

そして楽しい時間は過ぎ、予科から寮に戻ると、

「あ…っ」

自室に帰る途中の廊下でこちらに向かってくる人影に気づき、璃人は声を上げた。

「十日ぶりだな。諸々の処理が長引いてなかなかこちらに来られなかったが……変わりないか？」

「う、うん」

久しぶりに見るヴィルヘルムになぜか鼓動が速くなって、璃人は目を逸らす。

――なんだろ、これ……変なの。

「えっと、そういえば護衛官の数が増えたってみんなが騒いでたよ」

動揺を誤魔化そうと、璃人がふと思いついたことを口にすると、

「この学校も安全とは言えなくなってしまったからな。結界の強化も急がせてはいるが、相手が相手

だけに、どうすれば万全、と断言できないのが厄介なところだ」

　ヴィルヘルムは顔を曇らせそう言って、小さくため息をついた。

　魔獣から元の姿に戻った者が出たということで騒然となった緊急会議の直後、寮のみんなやリアム、そしてティルを退出させると、璃人だけ会議室に残され、森で遭遇した軍服姿の男性――ダドリー元国王と接触した際の詳細を改めて問いただされたあと、打ち明けられたのだ。

『先々代の国王ダドリーこそが、「神降ろしの石」を持ち去った反逆者だ』――と。

　そしてヴィルヘルムは、ダドリーが森の異変を引き起こしただけではなく、ティルをこの世界に連れてきた張本人かもしれない、と続けた。

　ヴィルヘルムの伯父にあたるダドリー元国王は、独裁的な面はあったが歴代の国王の中でも突出した魔力の持ち主で、十二人の神獣王の始祖の血を継ぐ君主の中でも圧倒的な存在感を放ち君臨していたという。

　これまではドラグネス王国の秘宝である『神降ろしの石』を使い、定められた法に則って『異界の御子』を召喚していたのだが……ダドリーは『異界の御子』に執着したあげく、御子を失ったあと『神降ろしの石』を手中に収めたまま、行方をくらましてしまった。

　その後、王位はヴィルヘルムの父が継ぎ、なんとか混乱を最小限に食いとどめようと奔走したが、嘲笑う（あざわら）ようにダドリー失踪直後から魔獣の数が異常に増え、父王は様々な心労が重なって早世し、ヴィルヘルムが若くして即位したという。

　ヴィルヘルムの親族の話を聞くのは初めてだった。

　以前彼に「肉親にそこまで思い入れる気持ちが分からない」と言われた時、なんて冷たいんだと憤ったけれど……伯父に裏切られ、早くに亡くなった父と同時につがいとして命運をともにした母をも亡くし、嘆く間もなく若くして乱れた国を統べるという重責を背負わされた彼に、璃人と同じ情が抱けるはずもなかったのに。

――俺のほうこそ、事情も知らないで自分の考えを押しつけてた、よな……。

国王となったヴィルヘルムが魔獣に対抗するための特別隊を結成し、効果を上げてようやく国が安定していたところに、突然やってきた璃人によって、魔獣は悪、というこれまでの大前提に亀裂を入れられてしまったのだ。いきなり現れたよそ者に今まで積み重ねてきた努力を否定するようなことを言われたら、臣下たちが反発するのも無理はない。

それでも、軍の最高責任者としての権限を持ち、魔獣掃討の指揮を執ってきたはずのヴィルヘルムは、璃人の言葉に真摯に耳を傾けて……こうして今も、理解しようと心を砕いてくれている――

「ティルの様子はどうだ？　この学校に馴染めているか」

ヴィルヘルムに声をかけられて、璃人はハッと物思いから覚めた。

「あ…、うん。大丈夫だよ。かなり言葉も話せるようになってきたし、今日なんてダミアン先輩がティルの様子を見に来てくれてさ――」

ティルが無事に保護され、こうしてみんなと生活できるようになったのも、国王であるヴィルヘルムが「また魔獣化するのでは」と懸念する臣下たちを説得し、直々に身柄を預かってくれたおかげだ。それに……璃人が森で一人突っ走ったあげく危機に陥った時、真っ先に助けに駆けつけて、心配しながらも最後は信じて、味方になってくれた。

彼はいち早く森の異変に気づき忠告してくれたのに、言うことを聞かず先走った璃人を責めず、ただ「無事でよかった」と言って抱き締めてくれた。

最初に意思を無視して強引に関係を結ばされた経験から、なかなか認められずにいたけれど……彼はずっと自分と向き合って理解しようとしてくれていたのだと、今回のことで思い知った。

「これ以上、ティルのような不幸な者を生み出さないためにも、一刻も早くダドリーを捕らえなければならないと分かっているんだが……なかなか上手くいかなくてな」

魔獣が大量発生したタイミングから、ヴィルヘルムはダドリーの関与を疑っていたらしく、『神降ろしの石』を使った異世界からの召喚を乱発し、そのせいで世界に適応できない魔獣が増えてしまったのではないか、と懸念を強くし、ダドリーの行方を捜すと同時に、今回のような襲撃に備えての対策に追われている。

――前よりも頬が削げた気がする……無理してるんだろうな。

精悍に削げた頬に差す影が少し濃くなった気がする。どこか憂いを帯びたヴィルヘルムの相貌を眺め、璃人の胸がチクリと痛んだ。

せめて感謝を伝えなければと思うのに……どうしてか胸が詰まって、言葉が出てこない。

――なんで……ダミアンの時は、素直に言えたのに。

なぜか頬まで熱くなってきて、うろたえて璃人は顔をうつむけた。

「璃人……？」

覗き込むようにして顔を近づけてくるヴィルヘルムに、ドキリとして思わずあとずさる。

「……………ッ」

その瞬間、ヴィルヘルムの顔が苦しげに歪むのを見て、璃人は息を呑んだ。

違うのに。そんな顔をさせたいわけじゃないのに。

なにか言わなければ。けれどそう思えば思うほど喉がカラカラに渇き、声が出てこなかった。

「……驚かせてすまない。俺は予科の教官たちと話してくる」

苦く微笑い、そう言ってきびすを返す彼に、結局璃人は呼び止める言葉が見つからず、ただ立ち尽くして去っていく背を見送るしかなかった。

ティルの一件以降、ヴィルヘルムは璃人に対してどこかよそよそしい態度を取るようになっていた。

ぎこちなくなった関係の理由を探そうと記憶を振り返ってみて、気づいた。

——訳分かんないままで不安な俺たちに、勝手に決めつけてきて、そっちの常識とやらを押し付けて……そんなんで、理解なんてできるわけないだろッ。

ティルを助けようと無我夢中でそう口走った時、ヴィルヘルムに不本意な性行為を強いられた時の記憶が頭をよぎったのは紛れもない事実だ。

けれどその言葉は、璃人を理解しようと努力してきた彼の心を踏みにじり、傷を抉るものだった。

自分こそ散々彼と距離を置こうとしてきたのに、彼に同じことをされて哀しいと感じるなんて、なんて自分勝手だろう。

そう思っても胸の苦しさを消すことはできなくて、込み上げてくる泣きたくなるような不安と寂しさを、璃人は唇を食いしばって押し殺した。

そして一学期が終わり、二週間の休暇中に社会奉仕活動を選択することになって、璃人は災害派遣を兼ねたドラグネス王国空軍の訓練に参加することに決めた。

派遣先はドラグネス王国の王都をまるで守護するように囲む、エラール連峰の山あいにある村だ。

以前、魔獣が出現して被害を被ったこの村ではいまだ磁場の乱れやよどんだ魔素が濃く漂っている地域があり、混乱に乗じた強盗なども横行しているという。

基地での訓練を受け、璃人たちは今、軍用大型飛行船に乗って目標の村へと向かっている最中だ。

緊張しつつ窓の外に視線を移すと――そこには、晴れ渡った青く美しい大空の中、隊列を組んで羽ばたく竜の群れがあった。一糸乱れぬ見事な飛行を見せる隊列の先頭で、陽光を浴びて光り輝く白金の竜が大きな翼を広げ、他の竜たちを先導している。

その荘厳な眺めに思わず見惚れていると、

「すごいよな……まさかこんな間近でヴィルヘルム陛下の勇姿を拝めるなんて」

感極まった様子で呟く声が周囲から上がって、自分のことでもないのになぜかこそばゆいような、誇らしいような気持ちが込み上げて、璃人はむずむずする胸を押さえ、小さく吐息をついた。

――あ、ダミアン……めちゃくちゃ緊張してる。

最後列に周囲よりも若干動きが硬い深紅の竜の姿を見つけて、璃人は小さく笑った。

同じボランティアに参加すると知った璃人に、「言ッておくが、この災害派遣に参加すンのは陛下とご一緒できる貴重な機会だから、それだけだ！　分かったな」と散々主張していただけあって、ダミアンも随分気合いを入れているようだ。

実際、こんな平易な任務に王自ら出陣するという情報が出回ってから、わずかな参加枠にありえないほどの応募者が殺到したらしい。

——俺のせいで、振り回してるよな……。

事の発端は、ティルの一件のように自分が声を聞くことで救える命もあるかもしれないと、璃人が魔獣討伐部隊に加わることを希望したことだった。

討伐隊を束ねる将軍や臣下の不安の声に加えて、ヴィルヘルムも「危険すぎる」と強い難色を示した。それでも頭から否定することはなく、危険性を説いたあと、まずは手始めということで、すでに魔獣自体は討伐され、あくまで治安維持と村の復興の手助けのための派兵で危険度も低い今回の任務の参加を認めてくれた、のはいいのだが……ヴィルヘルムは自分も王として参加すると宣言したのだ。

付き添うにしてもあくまで人の姿で極秘に、と思っていた璃人は驚愕し「どうして」と問い質すと、

『真の姿を隠しながらでは、いざという時に璃人を守れないからだ』

ヴィルヘルムは沈痛な面持ちで、そう即答した。

人の姿でももちろん常人よりもずっと高い戦闘能力を有しているが、竜本来の力には遠く及ばない。だが身分を偽っているがゆえに森の一件では竜の姿の片鱗も見せずにあくまで一介の教官として振る舞わなければならず、そのせいで璃人の発見も遅れ、また戦闘も長引かせて危険に晒すことになってしまった、とヴィルヘルムは激しく悔いていた。

だから今回は最初から王としてすべての力を出せる状態で行くのだと告げたヴィルヘルムに、璃人の胸は苦しいほどに締め付けられた。

——俺は、大丈夫だから。

両親を失ったあと、学校を辞めて働く姉に、璃人はずっとそう言い続けていた。

子供だった自分の無力さが悔しくて、せめてこれ以上負担をかけたくなくて、少しでも役に立ちたいと背伸びして、「璃人はしっかりしてるから助かるわ」と、「ごめんね、ありがとう」と言って笑ってくれるのが嬉しかった。

なのに今は負担をかけてばかりで、心配ばかりさせて……それでも必要だと、傍にいたいのだと言うヴィルヘルムの一途さを怖いと感じつつも、胸があたたかくなって、彼の想いを嬉しく思う自分がいることに、気づきはじめている。

「目的地上空に到達。これより作戦通り『飛翼衣』にて各個降下する。総員準備！」

指揮官の号令に浮ついた雰囲気だった周囲にも一気に緊張が走り、全員敬礼すると軍服の上から羽織った外套の留め金を入念にチェックし、中央のハッチに近い者から順に整列した。

目的地の村は山岳地帯の複雑な地形ゆえに、璃人たちの乗る大型飛行船が発着できるような場所がなく、竜人族のように翼を持つ種族以外は魔導具の一種である『飛翼衣』で村へと向かうことになっている。見た目は少し厚めなただの外套なのだが、留め金の部分に魔力を流し込む宝珠がついていて、その名の通り翼に変化するのだ。

次々に隊員たちがハッチから飛び降り、『飛翼衣』を発動させて翼を広げ、空へと羽ばたいていく。

そしてとうとう璃人の番が来た。

留め金をギュッと握り締め、怯えにすくみそうになる足をなんとか動かしてハッチの前に立つ。

開け放たれたハッチの向こう、見渡す限り広がる青空と雄大な連峰の頂上が眼前に迫る。そんな目も眩みそうな光景に、バクバクと心臓が脈打って……それでも胸には恐怖だけではなく、未知なる体験に対する高揚感も入り交じっていた。

璃人は高ぶる胸を押さえ深く息を吸うと、よし、と己を鼓舞して空中へと飛び込む。すると思った以上の風圧を受けて体勢が崩れそうになるのを、歯を食いしばってなんとかこらえ、留め金に魔力を流し込んで『飛翼衣』を起動した。

次の瞬間、『飛翼衣』は淡い輝きとともに見事な白金の翼となり、璃人の背を包むように広がって、ふわりと身体が宙に浮いた。

『飛翼衣』は装備する者の魔力によって翼の色や形状が異なる。事前訓練で初めて『飛翼衣』を使った時、璃人の背に現れた翼を見て周りはどよめいた。

璃人の背に生えた白金の翼――それはまるで、竜の王ヴィルヘルムの翼のようだったからだ。

――これってやっぱり……オメガとしての本能を鎮めるために注ぎ込まれるヴィルヘルムの体液と、魔力のせい、だよな……。

そっくりだと言われるほどにヴィルヘルムの影響を受け、自分の中に色濃く蓄積しているのだと思うと恥ずかしくて、なんともいたたまれない気持ちになる。

幸い、一緒にいた同級生の「きっと、ヴィルヘルム陛下に認められた『異界の御子』だからですよ！」という叫びに、驚愕の目を向けていた周囲もなんとか納得してくれたからよかったけれど。しかもその言葉が効いたのか、それ以降、隊員たちに一目置かれるようになったのだ。

自分の力で風を切って空を飛ぶという体験に、最初こそ緊張で胸が張り裂けそうだったが、訓練を思い出しつつ徐々に感覚をつかんでいくと、抜けるような青い空を思いのままに飛ぶ爽快さと感動に、胸いっぱいに痺れるような悦びがあふれ出してきて、璃人は笑みを浮かべる。

こんな経験ができるなんて、少し前の自分では考えもしなかった。

まばゆいほど照りつける陽光がふいにさえぎられ、上空を仰ぐと――自分の背にあるのと同じ、白金の翼を広げてこちらを見守る一際大型の竜の姿を見つけて、胸が早鐘を打つように高鳴る。

――ああ、初めて会った時もこうして輝くような白金の翼を広げて、俺を助けてくれたんだ。

あの時から、自分の運命の歯車は大きく……時には激しく軋みを上げ、回りはじめた。

背にある白金の翼は力強く羽ばたいて、璃人をしっかりと支えてくれる。

こうして初めての大空での飛行を楽しいと思えるのも、この翼を形作る源である彼の力を信頼しているからこそだった。

――俺……いつの間にこんな風になっちゃったんだろ。

自立して誰にも迷惑をかけることなく生きていきたいと思っていた自分が、気づくとヴィルヘルムを頼りにしていて……甘えすぎているんじゃないかと、ふと怖くなる。

じっとこちらを見つめてくる白金の竜にこの心の乱れを悟られてしまいそうで、璃人は焦って目を逸らすと、邪念を振り切ろうと雲を突き抜け、目的地の山村へ向かって滑降した。

山村に到着したヴィルヘルム国王率いるドラグネス王国空軍の災害派遣部隊は、村人総出で賑やかに迎え入れられた。

「まさかこんな山里までヴィルヘルム陛下にご足労いただけるなど……なんとお礼を申し上げればよいのか。陛下のお姿を間近で見られて、本当に恭悦至極にございまする」

出迎えた村長が緊張と興奮に顔を赤らめつつ、慇懃に膝を折って礼を述べると、後ろに控えていた民たちも一斉にそれに続く。

『そんな風に畏まらずともよい。皆、面を上げよ。この村に出た魔獣は大型で相当狂暴だったと報告を受けている。かなりの被害を被っただろうに、よくぞ統率を失わずここまで結束して村を守ってくれた。俺がここに来たのは、そんな皆の復興の手助けのためであって、歓待を受けるためではない』

「なんという……有り難きお言葉……感無量にございまする…ッ」

ヴィルヘルムの言葉に、村長たちは目を潤ませて拝むように頭を垂れた。

その後もヴィルヘルムは村民たちへ声をかけつつ、村を歩いて復興の状況を確認していく。

璃人も隊員としてそのあとに続き、目の当たりにした村の状態に絶句した。

村の近くにある崖の一部に黒く焼け焦げた大穴が空いていて、そこから崩れ落ちたと見られる岩石が村に雪崩(なだれ)落(お)ちて道を塞ぎ建物を押し潰して、さらに近くの森も見る影もなく焼け落ちていた。

「酷い有り様でしょう?」

周囲の惨状に愕然とする璃人に、復興の指揮を担当しているという村長の息子が声をかけてきた。

「生徒さんには酷な光景と思いますが……けどね、いち早く駆けつけてくれた討伐部隊の皆様が魔獣を倒してくださったおかげで、怪我人こそ出たものの村の者誰一人として命を落とさずに済んだのです。だからこそ、我々は神竜様のご加護を受けし地であるこの村を誇りに思い、ご恩に報いるためにもなにがなんでも復興させるのだと踏ん張れるのですよ」

誇らしげにそう語る村長の息子に、璃人は胸苦しさを覚えてうつむく。

――この国の人たちを守るために、魔獣討伐部隊の人たちは体を張って精一杯戦ってきて……なのに俺、そんな彼らの努力を否定するようなこと、言っちゃったんだ。

そう思うと将軍にも、魔獣討伐部隊を誇りに思う彼らに対しても申し訳ない気持ちが湧き上がる。

それでも……黒く焼け焦げた痕跡を見ていると、考えてしまうのだ。倒されたという魔獣は突然放り込まれた見知らぬ世界で、どんな気持ちで暴れ続けたのだろう、と。

多分、こんなことを考えるのは自分くらいのもので、でもだからこそ、自分はそれをやめてはいけない、とも思う。

「ヴィルヘルム陛下。あれが件（くだん）の魔獣を討伐した場所となります」

自身も討伐に参加していたという将官がそう言って指差す崖の中腹には、いびつにへこみ、赤黒く変色した岩肌があった。そこからなにかゆらゆらと陽炎（かげろう）のようなものが立ち昇り、日の光を反射してキラキラと輝いている。

『……報告通り、かなり高濃度の魔素が充満しているな。元々この山は霊峰と呼ばれるほど、神竜の加護を得た純度の高い魔素が地中に流れているが、魔獣が暴れて地形が変動した衝撃で、それが地上に漏れ出してしまっているのかもしれない』

どこか不気味なその光景を見つめながらヴィルヘルムは眉間にシワを寄せ、思案深げに呟くと、『とにかくこれ以上の地形の変動を防ぐためにも、破壊された場所の修復と脆くなった部分の補強作業を急がねばなるまい。竜人部隊は崖などの高所を、他は小隊長の指示に従い、各々任務に当たれ』

後ろに続く災害派遣部隊の隊員たちへと向き直り、厳かな声で命じる。即座に隊員たちは敬礼し、小隊長たちの指揮の下、それぞれの持ち場へと散っていった。

璃人たち学生ボランティアは村の青年たちの行っている復興作業を手伝うことになって、一緒に壊れた建物から土砂を撤去したり荷物を運び出したりと忙しく働いた。

そして復興作業も三日目が過ぎた日の夕方。

作業を終え、災害派遣部隊の詰め所として開放されている村役場に戻ってきた璃人は、今までに感じたことのない虚脱感に襲われて、割り当てられた部屋へと早めに戻った。

自分がこうして休んでいる間にも、竜人族の皆は魔素が漏れ出す危険な崖の修復をしていて、特にヴィルヘルムは地中に流れる魔素の流れを探るためにろくに眠らず作業に当たっているというのに。

――昨今、頻繁に出現する魔獣の存在の裏に、あの男が関わっているとすれば……魔獣の残した痕跡になにかしらの手がかりがあるかもしれない。

出発前にヴィルヘルムがそう言っていたことを思い出して、璃人は唇を引き結ぶ。

ヴィルヘルムはずっと元国王ダドリーの消息を追ってきたらしいが、彼が璃人と接触したと聞いてから、前にも増してその居所を探すのに躍起になっているようだった。

ダドリーが持っているという『神降ろしの石』さえ取り返すことができれば、元の世界に戻れるかもしれない――璃人がそう考えていることなど、分かっているだろうに。

けれどそう問うことはできずにいる璃人に、彼はどこか哀しげに微笑んでくるだけで……。

ふいに下腹にむずむずとした感覚が湧き起こって、璃人ははぁ…っ、と熱い吐息を漏らす。

「なんで……こんな……っ」

身体が、特に下腹部が疼くように火照り、瞳はひとりでに潤み、目の前がぼやける。

やけに喉が渇いて、水差しの水をごくごくと音を立てながら飲むと、璃人は乱暴に上着を脱ぎ落とし、倒れ込むようにしてベッドへと横たわった。

身体が腹の底からふつふつと沸き上がるように熱くなり、璃人を苦しめる。

「……ッ」

トラウザーズの前をくつろげると陰茎は露を零し、痛いほど勃ち上がっていて、璃人は困惑と羞恥に呻く。ここに来た初日から少しむずむずするような妙な感覚を覚えていたけれど、気のせいだと振り切ろうとした。けれど昨日の夜あたりから、その感覚は徐々に強くなってきて、まずいと内心冷や汗をかいていたのだ。

なんとか抑えようとするものの、身体の内部で渦巻く欲求に堪えかねて璃人は陰茎を擦り上げる。けれど快感を覚えはしても、達することはできずに余計に溜まり続ける熱に苛まれるだけで……。

――ヴィル……っ。

これまではこんな風になる前に、ヴィルヘルムがその指で、そして舌で、とろけそうになるほどに愛撫してくれて、璃人の欲望を鎮めてくれていたのに。

彼に与えられてきた快感を思い出した途端、ズクリ、と後孔の奥に痺れるような強烈な疼きが湧き起こって、璃人はヒュ…ッと鋭く息を呑んだ。

手をもぐり込ませて恐る恐る後孔に触れてみると、ぬちり、と粘液で濡れそぼった感触が指に伝わってきて、興奮して肛門を濡らすなどという元の自分ならありえなかった状況に、怯えと恥辱が込み上げて璃人は涙ぐむ。

これまで強く意識しなくてすんだのは、ヴィルヘルムが発情を抑えてくれていたからで……それでも、数日触れられなかっただけでこんなに狂おしく熱を持て余すことなど、今までなかった。

うろたえつつ璃人はいざという時のためにと処方されていた小瓶を懐から取り出して、蓋を開ける。

――あ、ぁ…、ヴィルの匂い、だ……。

鼻をくすぐる濃密な匂いに、脳が痺れる。ヴィルヘルムの精液にオメガの発情を抑える薬品を加えて特別に精製した抑制剤で、念のためにと持たされていたのだ。

とろりとした乳白色の液体を手に取ると、陰茎と、そして後孔へと触れる。

「ん…っ」

あくまで急ごしらえの部屋で、近くを通りかかった人に物音を聞かれるかもしれない。こんな姿を知られるわけにいかないと、璃人はシーツの端を口にくわえて必死に声を殺し、抑制剤をまぶした手で陰茎を擦りながら後孔へと指を入れてあふれる愛液を掻き出し、粘膜に抑制剤を塗り込めていった。

しばらくすると少しずつ熱が引いていき、我慢できないほどの衝動はなんとか治まったのを感じて、璃人は荒い息をつきながら目を閉じる。

——ヴィルが大変な思いしてる時に、なにやってんだよ、俺……っ。

途端にドッと罪悪感と自己嫌悪が押し寄せて、璃人はシーツに顔をうずめ、歯を食いしばった。

ヴィルヘルムに身体を鎮めてもらったあとは恥ずかしさはあっても、こんな風に虚しさや切なさを感じることはなかった。自分がどんどん浅ましくなっていくようで、込み上げる悔しさと怯えに涙を零しながら、璃人は急激に襲いくる睡魔に意識を途切れさせた。

「うぁ……ッ」

心臓がギュッと握りつぶされたかと思うほどの衝撃を受け、璃人は飛び起きた。

ハァッ、ハァッ、と荒い息をつきながら、いまだに激しく上下する胸を押さえ、璃人は枕元にあった水差しを取ると、カラカラに渇いた喉にごくごくと水を流し込んだ。

「…………ッ」

強烈な悪寒を感じ、寝台の上でうずくまっているとふいに誰かに呼ばれた気がして、璃人は固まる。

『ああ……やっと我の声が届いたか』

直接脳に響いてくる声に驚いて周囲を見回すが、暗い部屋には璃人以外誰もいなかった。

――でも、これ……森にいた男の人と同じ声、だよな。

璃人がこの世界に来た時にも聞いた声の持ち主であり、『神降ろしの石』を盗んだ元国王ダドリー。

ヴィルヘルムが必死に行方を追っている男が、今自分に話しかけている。

璃人はゴクリと唾液を飲み込むと、

「……届いた、ってことは、ずっと話しかけてた？　近くにいるのか？」

虚空に向かって問いかけてみる。

『フ……易い誘導ではあるが、乗ってやろう。そうだ。我はお主の近くにいる。ゆえに知っておるぞ。お主が何を見、何を感じているかを』

低く告げられたその声がまるで脳をねっとりと侵食していくような錯覚を覚え、走った悪寒にゾクリと背筋が粟立った。

『お主はこう思っているのだろう？　討伐される前に魔獣の声を聞くことができれば、救うことができたかもしれないのに、と』

揶揄を含んだダドリーの指摘に、「自分なら救えたかも」などと考える己の傲慢さを見透かされたようで、璃人は唇を噛む。

『だが、実際にあの者と言葉を交わす機会があったなら、話など聞かぬほうがよかったと後悔するだろうよ。それほどに心根の醜い、狡猾な者であった』

「……あんたにも魔獣に堕ちた異世界の人間の言葉が理解できるのか？」

決めつけてくるダドリーに反発を覚える心を抑え、璃人は深呼吸するとなんとか彼の居場所をつかむ手がかりを探ろうと話を振った。

『思った以上に頭が働くな。――そうだ。我の意識はもう半分以上あちら側と融合しているがゆえに、魔獣の声を理解することができるのだ』

するとダドリーから返ってきた予想外の答えに、璃人は目を見開く。

――あちら側……って、まさか魔獣側、ってこと……？

魔獣というのは異世界から迷い込み、世界に適合できなかった者の成れの果てだと聞いている。

この世界の、しかも有数の強者である竜の王として君臨していたダドリーが魔獣に『堕落』するなどということがあるのだろうか。

『お主は、魔獣はどうして魔獣と化すのか分かるか』

ダドリーの問いに戸惑いは深くなる一方で、璃人は言葉を失う。

『魔獣とはこの世から祝福されず、拒絶された存在。と同時にこの世の因果を受け入れることができずに怨みを募らせ、絶望の底に堕ちた存在とも言える。我はずっと魔獣の断末魔を聞いてきたが皆、ままならぬ自分の不幸と世の不条理を嘆き、すべてを憎悪する呪詛を残していった』

それはつまり、「この世界に適合できなかった者」というのと同じことではないのだろうか。

答えになっているようでなっていないと眉をひそめる璃人に、ダドリーは含み笑うと、

『この地にいた魔獣は延々とおぞましい欲望を垂れ流し、呪詛を吐き続けるだけで、およそ会話などできる状態ではなかったが……混じりけのない欲望は、強い力にもなる。求めていたものとはかけ離れていたが、これはこれで役立ってくれた。この山の地脈に亀裂を入れることで地下深くに眠る良質な魔素を効率よく掘り起こすことができたのだからな。その上、我の痕跡を追ってお主らがわざわざこの地まで出向いてくれたおかげで、さらに面白いことになりそうだ』

愉快そうにそう言った。

『件の魔獣は特に怨嗟の念が強くてな。自分の欲望が果たされぬまま死んでいった未練からくる、魔獣のどす黒い情念。それを糧として生成した呪術を、この地の魔素に潜ませておいた。気づかぬよう少しずつ、だが時間が経つほどに蠱毒のようにじわじわと精神を蝕んでいるはずだ。特に今、愚かにも我を裁こうと躍起になって最も濃度の高い場所にいるあの傲慢な竜は、そろそろ限界が近いはずだ』

「――……ッ！」

――傲慢な竜、って……まさか。

『どこへ逃げるつもりだ？　この世界にいる限り、お主に逃げ場などないぞ』

部屋を飛び出し駆けていく璃人に、ダドリーの声が追いかけてくる。

「逃げるわけないだろ！　止めに行くんだ！」

この男がなにを仕掛けたのかは分からない。けれど今、ヴィルヘルムが危ない状態にあるのだということだけは理解できる。

だったら今、自分ができることはひとつしかない。

『まさか……自ら竜の下に行くというのか？　……フハッ、ハハハハハ』

驚きの声のあと、嘲笑が璃人の頭の中で響き渡る。

『いいだろう。行って確かめるがいい。そしてお主も絶望し、堕ちてこい――我の下へ』

言い渡される不吉な言葉に怯える心を奮い立たせ、璃人はヴィルヘルムたちのいる崖へ向かって走り出した。

だが建物を出てものの数分で息が上がり、脚が萎えたようにうまく力が入らなくなってきた。

――こんな時に、なんで……っ。

焦りを募らせながらもなんとか歩を進めていると、ふいに目の前に影が立ちはだかって、璃人はギョッとして動きを止める。

「……ッ、あ……ダミアン、先輩?」

獣でも出たかと身構えたが、夜目が利いてくると見慣れた顔を確認することができて、ホッと胸を撫で下ろした、

「ちょうどよかった、あのっ、陛下のところに連れていってもらえませんか⁉　至急伝えなきゃいけないことがあって……っ」

必死に言い募るものの、ダミアンから反応が返ってこない。変に思って彼を見上げると、

「……ンで、コンな……ッ」

突然、苦しげに呻きながら胸元を掻きむしった。

「だ…、大丈夫ですか?　どこか具合でも――」

明らかに様子がおかしいダミアンに、璃人が慌てて尋ねながら顔を覗き込む。すると、

「お前は……なンで、コンなに……旨そうな匂いがするンだ……?」

ダミアンは憤りを吐き出すように告げ、息を荒らげながら詰め寄ってきた。

見下ろしてくるその目は熱に浮かされたように赤く澱み、そのくせ不穏な光を宿していて……本能的な危険を覚え、あとずさろうとしたその時、

「……ッ！」

ダミアンの手が伸びてきて、璃人はとっさに振り払うと逃げようと身を翻す。

「逃げンな……ッ」

唸るような声とともにダミアンが襟をつかんで強引に引き寄せてきた。

抗おうと踏ん張ったが、物凄い力に引き裂かれてシャツのボタンが弾け飛び、璃人はバランスを失って倒れ込む。

慌てて立ち上がろうとしたが、それよりも早くダミアンの身体が覆い被さってきて、璃人はヒュ…ッと鋭く息を呑んだ。

「アア……なんて香りだ……」

はだけた胸元に顔を埋め、ダミアンは興奮にうわずった声で呟く。

「ダ、ダミアン先輩…っ、正気に戻ってください……！」

どう見ても普通ではない彼の様子に、璃人は必死に訴えた。

だがその間にもシャツの裾から腰へと手を這わされて、走った痺れにビクリと肩を震わせる。

「感じてるンだろ？　男のクセにこンな……俺がおかしくなッたとしたら……お前のせいだ」

突きつけられた言葉に、璃人の心がミシミシと軋む。

「お、俺、は……」

――オメガだと、気づかれた……？

絶対に、オメガの本能に屈したりしたくない。なのに……いまだ昨日からの熱を引きずった身体は過敏なほどに刺激に反応し、疼きを募らせていた。

焦りと羞恥に混乱する璃人の隙を突き、ダミアンはシャツを強引に押し広げ、胸の先へと吸いつく。

「んぁ…ッ、やめ……いやだぁ……ッ！」

心と裏腹に快感を覚えてしまう自分がショックで、璃人は瞳からドッと涙をあふれさせる。

これは、これまでオメガであることを隠し、周囲を欺いてきた罰なのだろうか。

オメガであるというだけで自分の意思どころか身体すら思うようにならないのだという理不尽に、目の前が絶望で昏くかすみそうになった、その時。

巨大な翼を広げ上空を舞う竜のシルエットが、璃人の視界をかすめた。竜は恐ろしいほどの速さで降下すると、尻尾から強烈な一撃を繰り出してダミアンの腹部をとらえる。

「――ぐア…ッ」

衝撃音と同時にひしゃげるような呻き声が上がり、大きな体軀が宙へと吹っ飛んだ。

ダミアンの身体は大樹にぶつかって地面に落ち……そしてグッタリとしたまま動かなくなった。

「……ッ」

その凄まじさに、慌ててダミアンの安否を確かめようと身体を起こした璃人に、

『捨て置け……！　この程度で死ぬような者は、竜人族などと呼べぬ』

竜は目の前に立ちはだかり、冷徹にそう断じた。

その憤怒を孕んだ無慈悲な声に恐る恐る顔を上げ――目に入った光景に、璃人は息を呑む。

「ヴィ…ル……？」

他に類を見ない、美しい白金の竜。その全身を覆う鱗の一部に、まるでタトゥーのようにどす黒く禍々しい紋様が浮かんでいて、それは左側の腕から首にまで続いていたのだ。

目にはギラギラとした剣呑な光が宿っていて、一見しただけで彼が普通の状態ではないことを悟る。

ズン、と腹の底が冷たくなるような、尋常ではない負のオーラを漂わせるヴィルヘルム――今まで見たことのない姿を間近にして、本能的な恐怖に璃人の身体はすくみ、小刻みに震え出す。

『オオォオォ……ッ！』

それを見下ろすヴィルヘルムの顔が苦しげに歪んだと思った次の瞬間、耳をつんざくような激しい唸り声を上げ、彼は璃人をさらうと上空へと飛び立った。


ヴィルヘルムは山頂近くの洞窟に璃人を降ろすと、人の姿へと変化した。

人の姿となっても、どす黒く禍々しい紋様はくっきりとその肌に刻まれていて……徐々にその紋様はまるで生きているかのごとく肩から胸、そして首筋から耳を伝いこめかみにまで這い広がっていく。

その影響なのか、頭の角も尻尾もいつもより大きく猛々しく伸び、険しく細められた双眸は竜の時のように瞳孔が細くなり、爛々とした光で虹彩が膨張したように広がって白目が見えなくなっていた。

「ッ……そんな目で、見るな……っ」

呻くように叫び、ヴィルヘルムは璃人を組み伏せる。

「ひぁ……ッ」

冷たい洞窟の地面に押し倒され、息を詰めた瞬間、璃人の目が大きな手で覆われてなにも見えなくなる。視界を奪われ、その上食らいつくようなくちづけで唇を塞がれて、璃人は喉を震わせた。

「んぁ、くぅ……っ」

強引に侵入してきた彼の長い舌が、璃人の口腔を掻き回すように貪ってくる。性感を引きずり出すような獰猛なくちづけに、璃人はおののいた。

——やっぱり、おかしい……っ。

いつもなら、璃人が少しでも嫌がったり怯えたりする素振りを見ただけで手を止め、「怖がらせてしまったか」と心配そうに尋ねてきて、それ以上踏み込んではこないのに。

この世界でもっとも高位の存在である竜の王、ヴィルヘルム。その彼をもここまで蝕み変容させてしまう呪術を操るダドリーの恐ろしさを思い知る。

ヴィルヘルムはさらに璃人のベルトを外し、強引にトラウザーズを脱がせようとする。

「んん…っ、待…っ、ヴィ、ル……！」

疼く身体は刺激に反応して熱を募らせるけれど、まるで最初の頃のヴィルヘルムに戻ったかのような強引さに怯え、璃人は彼の胸を押し返し、なんとかくちづけから逃れ、叫んだ。

「お…、俺、ダドリーと話をしたんだ…っ」

璃人がその名前を口にしたとたん、ヴィルヘルムが動きを止める。

突然ダドリーの声を聞いたこと、そして告げられた内容を説明すると、

「今、ヴィルがそんな風になってるのもそのせいで、だから……」

なんとかいつもの彼に戻ってもらいたくて言い募る。するとやっと目を覆っていた手が退けられた。

正気を取り戻してくれたのかとホッと息をつき、彼を見上げ……璃人は顔を引きつらせる。

「――なるほどな。あの男が……」

忌々しげに呟くヴィルヘルムの相貌は憎悪に歪み、負の感情に呼応して禍々しい漆黒の紋様が黒炎のごとく肌を灼き、左の頬からあごにまで侵食していく。

「……ッ」

凶暴なほどに立ち昇る雄のオーラに背が粟立ち、璃人は唇をわななかせた。

ヴィルヘルムはそんな璃人を見下ろすと、

「ここに来てからの異変に気づかなかったわけではない。それでも修復と調査を決行したのは村と周辺にこれ以上悪影響を及ぼさないためと、もうひとつ、魔獣が倒れた跡地で起こった地脈の変化が人為的なものだったとしたら……その地脈を流れる魔素の行き着く先をたどれば、あの男の手がかりがつかめると思ったからだ」

苦く眉根を寄せてそう告げた。

「なのに、不意にお前が襲われている映像が脳裏に流れ込んできて……気づいたら持ち場を離れ、飛び出していた。あともう少しで、魔素が大量に集まっている場所の特定ができそうだったのに……」

「あ、ぁ……」

そう明かされて、自分がダドリーにヴィルヘルムを阻止するための駒として使われたことを悟り、璃人は青ざめる。

「ご…、ごめん…っ。俺、ヴィルが危ないって、思って……だから」

「俺のことなど放っておけばよかったものを」

苦く顔を歪めそう吐き捨てたヴィルヘルムに、璃人は言葉を失って目を大きく見開いた。

「ダドリーがこれほど強く妨害を仕掛けてくるということは、それだけ核心に迫ったということだ。あの男を敵に回した時点で、危険を冒す覚悟などとうにできている。……お前は『神降ろしの石』を見つけ出したいのだろう。ならば俺の身を案じるよりも、あの男の手がかりを見つけることを優先すべきだった」

「そんな……いくら神降ろしの石を見つけたいからって、そのためにヴィルが犠牲になってもいいなんて思わない……！」

突きつけられた言葉に、璃人はたまらずぎゅっと拳を握り締め、叫ぶ。

「……こんな、ことになるなんて……」

けれどこうしている間にも、禍々しい紋様はヴィルヘルムの肌を蝕み、じわじわと広がっていく。

そのさまを目の当たりにして、璃人は目を伏せて声を震わせた。

「今の俺は醜いか……？　それほどに怯え、震えるくらいに」

璃人のあごをつかみ強引に顔を覗き込むと、ヴィルヘルムは問い詰める。

違う。そう告げようとしても本能的な恐怖に喉は震え、上っ面だけの言葉を封じてしまう。

なにも言えない璃人に、ヴィルヘルムはクッと片頬を上げて嘲笑うと、

「あの男の仕掛けた呪術は、確かに理性を奪い欲望を肥大させるものだったんだろう。だが——今、俺がこの身に宿している獣欲と衝動は、あいつの呪術で無理矢理植え付けられたものでも、突発的に湧き起こったわけでもない。俺が、俺自身がずっと抱えてきたものだ」

露悪的にそう言ってのけた。

「で…、でも……っ」

彼の告白に璃人は混乱し、元の彼に戻ってほしいとすがる思いで恐る恐る彼に手を伸ばす。

だが彼はその手が届く前につかみ取ると、

「俺を止めに来た？　中途半端に情けをかけて……こんなにも匂い立つような濃密なフェロモンを全身から漂わせておいて、正気に戻れと？」

璃人を地面に縫い止め、憤りと興奮が入り交じった声で問い詰めてきた。

「ひぅ…ッ」

彼の手が璃人のはだけた襟元にもぐり込み、乳首をきつくつまみ上げる。

「んぁっ……いや、だ……こんなの、違、ぅ…っ」

いつもの彼とは異なる乱暴な愛撫も、そんな風に扱われてもなお悦びを示して胸の先から蜜をにじませる己の浅ましさも、受け入れることができず璃人は首を打ち振るった。

「お前は……残酷だ」

そんな璃人を見下ろして呟くと、ヴィルヘルムはギリッ、と軋むほど歯を食いしばる。

「お前から苦渋の思いで距離を置いて、見守って……徐々に抑制剤では抑えきれなくなってにじみ出すお前の匂いに、他のアルファが惹かれていくのを感じて、嫉妬におかしくなりそうな己に平静を保つよう言い聞かせながら他の者たちを牽制して……なのに、そんな発情した身体を見せつけて、まだ俺に我慢しろと、お前を貪りたいと渇望する俺をおかしいと言うのか……ッ」

「……ヴィル、ヘルム……」

ヴィルヘルムがずっと欲望を押し殺しているのを知りながらも、いつしかそれを当然だと考えるようになっていた。それが、彼にどれほどの苦悶を与えるか知りもしないで。

突然知らない世界に放り込まれて自分の今までの常識を覆され、権利を奪われたと憤ってきたけれど、ヴィルヘルムもまた、この世界で生きてきた彼が当たり前に持っている本能と常識を無理矢理ねじ曲げ、己に忍耐を強いてきたのだという事実に気づいて、璃人はどうすればいいか分からなくなって、唇をわななかせる。

「だったらお前も狂わせてやる……俺の欲望でな」

ヴィルヘルムは悪辣な笑みを浮かべてそう言い放つと、下着ごと璃人のトラウザーズを剝ぎ取り、脚を大きく広げた。

「ひぁ…ッ」

双丘を左右に押し拡げられ、後孔に指を突き入れられた瞬間、くちゅり…、とぬめった水音がして、璃人はギクリと身体を強張らせる。

「なんだ?　ずいぶんぬめっているが、これは……抑制剤か」

指に絡み付く液体が分泌液よりも粘りけの多いことに気づいたヴィルヘルムがその匂いを嗅ぎ、ボソリと呟いた。

「経口摂取よりも直接性器に塗り込めるほうが効果が高いとはいえ……あれほどオメガとしての自分に抗っていたお前がまさか、自らオメガの性器を慰めるとはな」

「………っ」

興奮にうわずった声で詰ってくるヴィルヘルムに、昨晩、劣情に堪えかねて抑制剤を使って自慰していたことを思い出し、燃え尽きそうなほどの羞恥に、璃人はきつく唇を嚙み締める。

「しかも相当の量を使ってたっぷり弄っていたようだな。……見ろ、まだこんなに濡れて、やわらかくなっている」

彼はそう言うと、璃人の内壁に潜んでいる入り口を指で押し開いていった。

「んぁ……っ！　あ、ぁ……ッ」

くちゅくちゅと卑猥な音を立て、彼の長い指が璃人の内部に秘められた器官へと入り込んできた瞬間、強烈な快感が身体を突き抜けて、たまらず璃人は背をしならせる。

「ひぅ……っ、ぁ……いやだ、そこ……は…ッ」

注挿されるたびに抑制剤と分泌液が入り混じった液体があふれ出し、巧みに内奥を刺激する指の動きを滑らかにする。身体の奥まで暴かれる淫猥な感覚におののき、璃人は必死に訴えた。だが、

「お前の身体はそう思っていないようだが。ほら……放したくないとばかりに吸いついてくるぞ」

気持ちとは裏腹に指を深々と受け入れて悦びをあらわにする璃人の身体の反応を揶揄し、ヴィルヘルムはさらに激しく責め立ててくる。

「んんぅ……っ！　や、あぁ……んあぁ……ッ」

秘められた孔の奥にある特に敏感な部分を擦り立てられ、璃人は懸命に首を打ち振るった。

「そんなに顔を赤くして目を潤ませて……そうやってお前は、自分に寄せられる邪な意思を否定しながら、たまらない色香を振り撒いて、俺をおかしくさせるんだ」

しかしそんな璃人をさらに追い詰めるように、ヴィルヘルムはそう言って秘められた孔の奥を穿ちながら、もう片方の手で胸の先をしごいてきた。

「ひぃ……んッ！」

くびり出された乳首から分泌液があふれ出て、ヴィルヘルムの手を濡らした。

そのままジンジンと疼く乳首を転がされ、身体の奥からじわりと甘い痺れが湧き上がる。もっと弄って欲しいとばかりに突き出した胸の先は濡れて紅く光り、淫靡さを増していた。

「や…ぁ……っ」

明らかに正常ではない彼を、このままにしてはおけないと思っているのに。

どんなに拒否しようともがいても、ヴィルヘルムに欲望を暴き立てられ、さらなる痴態を晒してしまう。あまりに淫らがましい姿に変えられた己の身体に、璃人は悲嘆にかすれた吐息を漏らした。

「ああ、璃人……淫らで、たまらなく綺麗だ……」

ヴィルヘルムは感嘆の声を漏らし、興奮した様子で璃人の脚を抱え上げる。

そして引き寄せられるように双丘の狭間に顔をうずめると、後孔へと舌をもぐり込ませていった。

「や、あぁ……駄目、だめ……ッ」

変貌した彼の欲望にこれ以上流されてはいけないと必死に抗いの声を上げながらも、熱く濡れた舌に内壁を擦り上げられると、押し拡げられていくゾクゾクするような快美感を覚えてしまう。璃人はそんな自分に怯え、身をよじり逃れようともがいた。

しかしヴィルヘルムは易々と璃人の腰を抱え込むと、さらに内部にある秘められた孔の入り口を舐め上げ……刺激に少しずつ開いてきたのを見計らって、ずぷずぷと舌を内奥へと突き入れていく。

「ひぃ……んん！　んあぁ……ッ」

いつもは閉じられている狭い孔を拡げられていく感覚に目を見開き、璃人は背をしならせた。

「んぁ…っ！　いや、ぁ…そこ…っ、あぁ……」

二股の長い舌先は柔軟にうねり、襞の一枚一枚をなぞるようにして指よりもさらに深い部分まで穿ってくる。その凄まじい快感に、璃人はたまらず髪を振り乱して悶えた。

舌が抜き差しされるたびにぬちゅぬちゅと聞くにたえない淫らな水音がして、どれほど自分が感じてしまっているのかを思い知らされ、璃人はきつく唇を噛む。

彼の欲望に搦め捕られ呑み込まれるようにして、与えられる愉悦に腰が重く痺れ、逃げるどころか身じろぎすらままならなくなって……獰猛に求めてくるヴィルヘルムへの畏怖が、次第に貪欲になっていく自分への恐れへと変わっていく。

「ひぁ……んんぅ……ッ!!」

長い舌が内奥深くまでずるりと侵入して襞を擦り上げたかと思えば、巧みに舌先をくねらせてすでに知られてしまっている弱いところを強く刺激してきて、その強烈な刺激にたまらず璃人はビクビクと痙攣しながら極まってしまった。

「んぅっ、ぁ…んっ……やぁ…っ、も、もぅ……ッ」

ずるりと舌が引き抜かれたかと思うと、極まった直後でさらに鋭敏になった入り口をちろちろとなぞりあげられて、璃人はうわずった声を上げ、かぶりを振った。

顔を上げたヴィルヘルムは、蜜で濡れた口許を舌で舐めて不遜に笑うと、物欲しげに蠢動を繰り返す後孔へと昂ぶりをあてがってきた。

「認めろ。もうお前の身体はオメガに成り果てていることを……そして、元に戻ることなどできないということを」

唾液と愛液で潤った内壁は擦り付けられた熱塊にとろけるようにして、くちゅり…、と水音をさせて吸いつく。彼はその淫らさを教えるように、璃人の後孔のふちをなぞりながら囁いてきた。

「あ、ぁ……」

滾ったヴィルヘルムの熱塊に蹂躙されることにおののきつつも、身体はどこか期待するかのようにひくりと震え、火照ってしまう。そんな己の身体に、璃人は絶望の吐息を漏らした。

——もう……いい。

ティルのことで自分が誰かを救えるかもと思ったりしたけれど……それはただの思い上がりで、現実はヴィルヘルムのことを助けるどころか、自分の意志すら貫けず、欲望に呑まれてしまう淫らで浅ましい存在なのだ。オメガとしての本能に抗うことで、自分だけではなく周りも、そしてヴィルヘルムすら苦しめ、犠牲を強いてしまうというなら……もう、運命を受け入れるべきだ。

——竜は一途なのだ。最も尊いつがいの願いすら叶えられず竜の王を名乗るなど許されぬ。お前の願いを叶えるために力を尽くし、俺の持てるすべての力で璃人、お前を守ると誓おう。

諦め、失意に塗りつぶされていく頭の隅で、過去に告げられた彼の言葉を思い出して……その瞬間、胸が引き絞られるように痛み、璃人の瞳からはぽろぽろと堰を切ったように涙が零れ落ちる。

「——……ッ」

その時、ヴィルヘルムが突然苦しげに唸り、歯を食いしばって璃人から身を離したかと思うと、

「な……ッ⁉」

あろうことか、彼はどす黒い紋様で覆われた己の左腕に勢いよく噛みついた。

激しく食い込んだ牙が禍々しい紋様を形作っていた漆黒の鱗のひとつを無理矢理に剝がして、さらに肌を裂く。すると焼けるような音とともに、傷口から湯気のように黒いもやが漏れ出す。

それでもヴィルヘルムはさらに牙を容赦なく根元まで押し込んだあと、牙を引き抜く。すると、黒煙を上げながら黒くどろどろに澱んだ毒々しい物体が大量に流れ落ちていき――地面に落ちると、それは断末魔のようにジュッ、と音を立てて蒸発するように消えていった。

強引に黒くどろどろとしたものを出し切ると、彼は苦悶の表情を浮かべて肩で息をつく。

「ヴィ……ル……」

璃人はその壮絶な光景におののきつつも、恐る恐る声をかける。すると、

「……すま、なかった……」

ヴィルヘルムは璃人に向き直り、絞り出すようにそう告げた。

「ぁ……」

身体からあの禍々しい紋様が消え失せていって……乱れた髪の隙間から見える彼の双眸は澄んだ輝きを取り戻し、後悔に満ちた表情を浮かべていた。

「本当にすまない……もう少しで、お前との誓いを破ってしまうところだった」

そう言うと彼は、ためらいがちにそっと、璃人の頬へと触れてきた。告げられた言葉と、頬を伝う涙を拭う優しい手のひらの感触に胸が熱くなって、再び璃人の瞳から涙があふれ出す。

――元に、戻ってくれた、んだ……。

ダドリーの恐ろしく強力な呪術を精神力で捩じ伏せ、そして己の身を傷つけてまで呪縛を振り払ってみせたのだ。璃人の心と、交わした約束を守るために。

喜びと安堵と、申し訳なさと……そして、疼くような狂おしい気持ちが押し寄せてきて、璃人は彼の手を両手で包み込んで頬を擦り寄せる。

「璃人……そんな風に、簡単に許さないでくれ……俺が先ほど口走ったことは、紛れもない真実だ。俺の、この邪な感情があの男に付け入る隙を与えてしまった」

きつく眉根を寄せ苦渋の表情でそう警告するヴィルヘルムに、けれど璃人が覚えたのは胸を締め付けるような甘苦しい感情だった。

――あれほどの欲望と激情を抱えて、それでも、あくまで俺のことを想ってくれるなんて……。

「璃人……？」

おずおずとヴィルヘルムの胸に身を寄せる璃人に、彼はかすかに動揺した様子で問いかけてくる。

「俺…、おかしい、んだ……」

このところずっと距離を置かれて、彼に触れられるどころか、ろくに姿を見ることすらできない日々が続いていた。ヴィルヘルムに迫られると怯えるくせに、避けられると胸が痛くなる。

そして今、こうして彼に触れ合っているとどうしようもなく身体の奥が熱くなって、苦しいのだ。

「……璃人……」

ヴィルヘルムは璃人を見つめ、ゴクリと喉を鳴らし唾液を飲み込んだ。

「暴走した俺のフェロモンにあてられたか、もしくはあの男の呪術の影響がお前にも及んでいるせいかも知れない……だが」

懊悩しながらも、ヴィルヘルムは璃人の指先にくちづけると、

「また、こうしてお前に触れてもいいか……？」

うわずった声で尋ねてくる。

切なげなまなざしで見つめてくる彼に、璃人は頬が熱くなるのを感じながらこくりとうなずいた。

「ああ……璃人、もうこうして抱き締めることもできなくなると、そう思っていたのに……」

強く抱き締められて、滾ったままの彼の昂ぶりが腰に触れる感触に、璃人の背にゾクゾクと痺れるような愉悦が湧き起こる。

「あ……俺、も……」

欲求に突き動かされるままに逞しい昂ぶりに手を這わせると、ヴィルヘルムは鋭く息を詰め、

「お前も、俺に触れたいと……そう思ってくれているのか？」

信じられない、といった様子で目をみはり、顔を覗き込んでそう問いかけてくる。

「うん……だ、駄目、かな？」

不安と羞恥をにじませて尋ねる璃人に、彼は「まさか」と甘い笑みを浮かべる。

「分かるだろう？　お前に触れられて、どれだけ悦んでいるか」

耳元でそう囁かれ、言葉通りドクドクと激しく脈打つ彼の昂ぶりの逞しさを手のひらに感じて、璃人は目眩を覚えた。

「ああ……お前も感じてくれているな、こんなに濡れて……」

興奮に蜜を零す陰茎をなぞられて、璃人はぴくりと身を固くする。

「……やはり、まだ怖いか？」

そう言って手を止め見つめてきたヴィルヘルムに、紛れもなくいつもの彼に戻ってくれたと実感して、璃人は瞳を潤ませる。

「あの、違うんだ。その……ずっと逢けなくて、苦しくて……」

恥ずかしさに消え入りそうになりながら、優しすぎる愛撫は焦らされるようでかえってつらいのだ

と、璃人はか細い声で訴えた。

するとヴィルヘルムは「よかった」と呟いて顔をほころばせると、

「だったら、二人で気持ちよくなろう」

そう言って璃人の身体を抱え、反転して横たわった彼の上に乗せる。

突然のことに驚く璃人に、彼はさらに身体を持ち上げて逆さまになるよううながしてきた。

「脚をこっちに向けて……そう、そのまま腰を少し下ろしてごらん」

「ぁ…、ヴィル……っ」

ヴィルヘルムの身体にまたがり、彼の目の前に秘部をさらけ出すという姿勢を取らされ、璃人もまた彼の昂ぶりを間近にして、羞恥にかすれた声を漏らす。

いつもヴィルヘルムに愛撫されるばかりで、彼の性器をこんなにもまじまじと眺めるのは初めてだった。その大きく張った亀頭と太く隆々とした砲身は璃人のものとは異なる狂暴な形状をしていて……あまりに逞しく猛々しい形状に、璃人の心臓はバクバクと早鐘を打つ。

――ああ、やっぱり俺、変になってる……。

今までの自分なら恐ろしいと感じるはずの彼の欲望を目の当たりにして、怯えるどころか興奮し、それだけではなくどこか胸が疼くような悦びを感じてしまっていた。

「苦しかっただろう。触れてしまうと抑えが利かなくなってしまいそうで……こんなになるまで放っておいて、すまなかった」

ヴィルヘルムはそう言うと、限界にまで張り詰めて淫らな雫を零す陰茎にくちづける。

「んっ、あ、ぁ……ヴィル……」

それだけで甘い痺れが走り、璃人はうわずった声を上げた。

オメガの身体となってしまった今では、いくら自分で慰めたところで欲望を吐き出すことができず、ただ波が収まるのを待つしかない。

それでも、以前なら耐えられたのに。これまで欲求を鎮めてくれていたヴィルヘルムに距離を置かれ、発散できずに溜まり続ける欲望にももちろん苛まれたけれど……それ以上に、胸に穴が空いたような寂しさと切なさに襲われ、身体と心、両方を掻き乱され、苦しくてしかたなくて……。

「ぁ……ヴィル……お、おねが……い、だから……もっと……っ」

たまらずにねだると、ヴィルヘルムは息を呑み、

「ああ……璃人、お前が望むなら、俺は……どんなことでもしよう」

うっとりと呟いたあと、璃人の陰茎を口に含み、にじむ分泌液を吸い取って、おもむろに鈴口に尖らせた舌先をもぐり込ませてきた。

「くぅ……ッ！　ひぅ……うぁ…んッ」

長く細い舌先を奥まで突き入れたあと、ゆっくりと引き抜いていく。その強烈な快感に、それだけでまた軽く達してしまい、璃人はビクビクと背をしならせながら嬌声を上げた。

元の世界でいた時には考えもしなかった。陰茎の管などというありえない箇所すら快感を覚える器官にされ、舌で穿たれることに愉悦を覚え、悦びの雫をあふれさせる自分など。

自ら望んだこととはいえ、普通ではない行為に快感を覚える自分にやはり羞恥と背徳感が拭えず、浮かんだ涙で目の前がにじんでいく。

「可愛い……璃人」

罪悪感に怯える璃人に、けれど彼は嬉しそうに呟き、蜜をしたたらせる鈴口へとくちづける。

「ぁ……んんっ」

どれだけ浅ましく淫らな姿を晒け出しても、ヴィルヘルムはすべてを受け止め、愛しく思ってくれる。そんな彼の存在に、これまで変わってしまった自分を認めようとしなかった頑なな心までじわじわと溶かされ、やわらかな部分まであらわにされていくようで……璃人はふるりと背を震わせる。

「んぁ、ぁ…んッ！　んぅ……ひぁ…んっ」

再び尿道を穿たれ、普通なら触れられることのない鋭敏な粘膜を擦り上げられる快感のあと、限界まで押し拡げられた孔から舌が引き抜かれていく。その解放感に、璃人の唇から甘い声が零れた。

再び奥深くまで突き入れられると、ありえない場所を押し拡げられ穿たれる背徳的な快楽に打ち震え、次々に生み出されていく蜜を掻き出すようにして陰茎の管の中をうねりながら舌を引き出されると、得もいわれぬ甘美な愉悦に陶然となって……璃人の理性をぐずぐずにとろかせていく。

「あ、ぁ……」

押し寄せる快感でかすむ視界に、ヴィルヘルムの昂ぶりが見えた瞬間、引き寄せられるようにして璃人は手を伸ばし、その逞しい幹へと舌を這わせる。これまではそのあまりの逞しさに畏れを抱いていたというのに、今は彼の熱を感じたいという衝動に抗うことができなかった。

「んっ……ふ、ぁ……ッ」

璃人はヴィルヘルムの昂ぶりを捧げ持って横にくわえながら、裏筋を伝って付け根から先端へと丹念に舌を這わせていく。

「ッ、璃人……っ」

璃人が大きく張りだした彼の昂ぶりの先端を口に含むと、ヴィルヘルムが鋭く息を詰めた。

「ん…っ。ぁ…、ヴィル……気持ち、いい……？」

「ああ…、お前がこうして俺を受け入れてくれているというだけで、俺は……」

口に含みながら尋ねると、ヴィルヘルムは感慨深げにそう言って、璃人の髪を撫でる。

その言葉を裏付けるように、璃人が舌を這わせるたび、彼の欲望はドクドクと脈打って興奮を伝えてくる。誰よりも強い竜の王が、自分を求め高ぶっている。その事実に璃人もまた目眩がしそうなほど高揚し、彼の昂ぶりを慰撫する動きに熱がこもっていった。

「璃人……ここに触れていいか？」

そう言うと、ヴィルヘルムは快感に砕けそうになる璃人の腰を支え、双丘を大きく左右に押し拡げて、あらわになった後孔のふちを指でなぞる。

「ぁ……ッ」

軽く触れられただけで快感が走り、後孔からしたたる分泌液が彼の指を濡らすぬるぬるとした感触が伝わってきて、璃人は目を潤ませてかすれた吐息を漏らした。

オメガの器官に触れられることに対する抵抗感がなくなったわけではない。……けれど、獣欲を必死に押し殺し、璃人を尊重しようとする彼に、さっき感じた身体と心がバラバラになりそうな恐怖は溶けて、切ないような焦れったさとともに、彼に触れて欲しいという欲求が膨らんでいた。

「いい、から……」

押し寄せる衝動にこらえきれず、羞恥にかすれた声で訴えた。

すると指が、ゆっくり中へと入ってくる。熱を帯びて腫れぼったくなった内部を擦り上げられる甘美な感触に、漏れそうになる声を璃人は指を噛んでこらえた。

「お前の中……赤く腫れてしまっているな。……すまない。他の男に押し倒されている姿を目の当たりにして、感情が抑えきれなくなってしまった……」

彼の舌で強引に奥まで愛撫され拡げられたオメガの器官は、いまだ璃人を蝕む発情に熟れ、穿つものを求めていて――興奮に声を上ずらせながらも気遣うヴィルヘルムに、璃人の胸は甘く疼いた。

誰よりも強い雄である彼のその激しい独占欲に、畏れを覚えながらも……同時にゾクゾクするような悦びに、どうしようもなく昂ぶり、身体が火照るのを感じる。

「く、ぅん……ヴィル…ぅ、んぁあ……っ」

入り口を指で拡げられたまま、厚ぼったく腫れた粘膜を慰撫する動きでちろちろと舐め上げられ、璃人はこらえきれずに甘えた声を漏らしてしまう。

「可愛い、璃人……」

ヴィルヘルムが漏らした愛しげな呟きに、恥ずかしさとともに、性的なものとはまた別種の悦びが璃人の胸に込み上げて、感情の昂ぶりに呼応するように内奥も疼き、熱を上げていく。

言葉だけではなく、目の前にある彼の昂ぶりが璃人の痴態に興奮し、激しく脈打っていた。

その逞しさに陶然となって、璃人は吸い寄せられるように太い幹に舌を這わせる。

ヴィルヘルムの体温や肌の感触……そして匂いに包まれて、目眩がするような興奮に見舞われ、身体が火照ってしかたなくて……。

「ふあ、ぁ……んんっ――ぁあっ!!」

眼の奥に火花が散ったような衝撃と同時に、璃人はびくびくと背をしならせて極まった。

あふれ出す愛液を、喉を鳴らして飲み込む音が聞こえてきて……申し訳なさと、そして背徳的な解放感を伴った快感がない交ぜになって押し寄せて、璃人は息を喘がせる。

「ん…っ、あ、ぁ……なんで……?」

けれどいくら分泌液を舐め取られ、ヴィルヘルムの唾液を塗り込められても満たされず、発散できないまま募り続ける熱に、璃人はうろたえ、涙声を零す。

発熱したかのようにくらくらして、彼のことしか考えられなくなって……苦しいほど募り続ける疼きに堪えかね、璃人はヴィルヘルムの昂ぶりに頬擦りすると、

「ヴィル……欲しい、これ……っ」

かすんだ頭の中で膨らむ欲望をこらえきれず口走った。

ヴィルヘルムは獰猛に唸ると、半身を起こし、璃人を向かい合わせにして膝の上に抱き上げる。

「ッ……璃人……!」

ヴィルヘルムは苦しみながらも膨らみ続ける欲望を乗り越えたのに。散々偉そうなことを言って拒んでおいて、自分は発情を抑え込むこともできず彼に救いを求めるなど、あまりに身勝手すぎる。

「ヴィル、ごめ、ん……苦しくて、たまらなくて……」

呆れられてはいないだろうかと、璃人は恐る恐る彼を見上げる。するとヴィルヘルムは目を細め、

「謝らなくていい。全部、俺のせいだ。だから……」

璃人の目尻ににじむ涙を拭い、囁いた。

その優しさが胸を甘苦しく締め付けて、璃人は震える息を漏らす。すると彼は、唇に触れるだけのくちづけを落とした。

そのやわらかな感触に璃人は胸を高鳴らせ、ぎゅっと彼の背にしがみつく。

「ぁ……」

双丘を押し拡げられ、あらわになった後孔に昂ぶりが押し当てられる。

「璃人……いいか」

濡れた淫唇を指でなぞりながら尋ねてくる彼に、璃人はおののきながらも小さくうなずいた。

もう一度璃人の唇にくちづけると、ヴィルヘルムは腰を支える手に力を込め、後孔の中へとゆっくりと昂ぶりをもぐり込ませていく。

「んぅ……ッ！　ひあぁ……ッ」

璃人の唾液と先走りに濡れたヴィルヘルムの昂ぶりが、その圧倒的な存在をもってオメガの器官まで侵食し。発情して熱く熟れた内壁を擦り上げていく。

――ああ……俺、とうとう……。

オメガの器官を穿たれる苦しさと喪失感、そして同時に襲いくるめくるめく解放感に、璃人は瞳から涙を零した。

「ッ――……、璃人、きつくないか……？」

激情をこらえるように眉を寄せて気遣ってくる彼に、璃人は強烈な圧迫感に息を喘がせながらも首を横に振った。

久しぶりに受け入れる彼の熱塊はあまりに猛々しく……ましてやこれまで自分の一部としてなかなか受け入れることができなかった器官を開かれるということが、つらくないわけはない。

けれど望むものを与えられた悦びがそれを凌駕して、発情し疼く身体はもっともっとと彼の存在を狂おしく求め、璃人を突き動かすのだ。

「だぃ、じょ…ぶだから、もっと……ッ」

璃人がそう告げたとたん、ヴィルヘルムはぶるりと獰猛に頭を振ると、腰を強く揺さぶってきた。

「ひぅ…っ、うぁ……んんッ!!」

狂暴な欲望に秘められた器官の奥の奥まで穿たれ、その衝撃に璃人は背をしならせる。

「ッ……璃人、こんなに濡れているのに、きつくて……初めての時、俺は…、どうしてあんな強引なことができたのか……」

そう呟きながら背をかき抱いてきたヴィルヘルムに胸が熱くなって、目の前が涙でぼやけていく。

——ああ……こんなヴィルだから、俺は……。

「璃、人……?」

心配そうに眉をひそめた彼の唇に、璃人はくちづけた。

驚いた様子で固まるヴィルヘルムに恥ずかしくなって、璃人はくちづけを解く。

すると、ヴィルヘルムに後頭部をつかまれ、性急に引き寄せられたかと思うと、

「……ッ！　んぁ…ぅ…っ」

まるで飢えたように唇に食らいつかれ、貪るように食まれ、吸われる。

抑え込んでいた激情を解き放ち、狂おしく自分を求めてくる彼にたまらなくなって、璃人は息を弾ませながらも、おずおずと舌を絡ませる。すると、

「ああ……璃人……」

感極まった様子で吐息を漏らしたヴィルヘルムにきつく抱き締められて、璃人の中に甘く切ない感

情が湧き出し。胸が締め付けられるように痛くなる。

互いに重ね合い深くなっていくくちづけとともに、穿たれる衝撃から解けてとろけはじめた璃人の身体を穿つ動きもまた、激しさを増していった。

「ひぁ…ッ、んっ！　うぁ……んんッ」

口腔と内奥の二つの敏感な粘膜を彼の肉で奥深くまで掻き回され、気が遠くなるような悦楽に、璃人もまた自ら舌を絡ませ、腰を蠢かせて、与えられる快感と彼に溺れる。

「愛して、いる……璃人……愛しているんだ……ッ」

必死に求めてくるヴィルヘルムに、胸が甘苦しく痛んで……くちづけを解かれ、彼がうなじに顔を埋めてきた意図に気づいて、心臓がドクン、とはねる。

「くぅ…っ、んあぁ——…!!」

うなじに深く牙を穿たれ、痺れるようなその衝撃に、璃人は嬌声を上げながら高みへと昇り詰めた。

強烈な快感の余韻にひくひくと痙攣しながらぐったりと弛緩する璃人の身体を横たえると、ヴィルヘルムは思いの丈を吐き出すように一際腰を深く最奥へと突き入れる。

「ッ……璃、人……ッ！」

そして彼は低く唸ると、璃人の身体をかき抱きながら、溜まりに溜まった熱を解き放った——

7

あれから詰め所へと戻った直後、璃人は原因不明の高熱に見舞われて、災害派遣を切り上げ、士官学校へと送還され、士官学校付属の救護室で療養することになった。

「りぃと、しゃま……だいじょぶ……？」

うとうとしながらベッドに横たわっていると、声をかけられて目を開ける。するとこちらを覗き込むティルと目が合って。璃人は熱に強張る顔をなんとか動かして笑みを作ると、

「うん……だいぶ…、よくなって、きた…よ。心配かけて、ごめんな」

ガラガラになった声でなんとかそう答えた。

「ずと、きょーしつ、りぃとしゃま、いない……さびしぃ……ぁやく、よくなて」

まだ教室では頼れる人が少ないのだろう。ぽつりと零されたティルの言葉に、寂しい思いをさせてしまっているのだと痛感して、璃人の胸は痛む。

あれから——ダドリーの策略によって理性を蝕む魔素を浴び続け、本能が暴走した末に発情を引き起こしたヴィルヘルムと璃人が、様々な葛藤の末に再び交わり、うなじを噛まれ『婚姻印』を刻まれてから……何日が経ったのだろう。

狂おしいほどの熱に突き動かされ、求め合う激しい欲望は一度で満たされることはなく、記憶が曖昧になるほどに何度も何度も互いを貪り続けた。ようやく熱が鎮まって、ヴィルヘルムに詰め所に運ばれた璃人はその晩、高熱を出し……その後のことは、おぼろげにしか覚えていない。

——ヴィル……。

璃人は手の中にある黒く焦げたようになった鱗をぎゅっと握り締める。

ヴィルヘルムがダドリーの悪意に、そして暴走する己の獣欲に打ち勝つために、剝がした鱗だった。

床に落ちていたそれをいつの間にか手にしていて、離しがたくてこっそりと持ってきてしまった。

ダドリーの仕掛けた術の手がかりとして、ヴィルヘルムに渡したほうがいいのだろうけど……この鱗は、璃人を傷つけまいと必死に戦ってくれた証のようで、手放したくないと思ってしまったのだ。

「りぃとしゃま……つぁい？　くぅしい？」

心配そうなティルの声に、璃人はハッと物思いから覚める。

「ティル、ありがと……つらくないよ……大丈夫」

そう答えたけれど、ティルは不安そうな表情のままだ。

——ああ。駄目だな、俺……みんなに心配かけてばかりで。

璃人が倒れたと聞いて、ティルもリアムもショックに泣き崩れそうになりながらも、必死に看病してくれた。もちろんすぐにこの士官学校の校医の診察も受けたが、原因は分からずじまいだ。

するとノックの音がして、校医が様子を見に来たのかな、と思っていると、

「——入るぞ」

予想とは違う低い声に、璃人はドキリとしてベッドの上で固まった。

「ウーしゃま」

「ヴィル、だ。……また来ていたのか」

いつの間にかすっかり懐いたティルを、ヴィルヘルムは苦笑しながらも抱き上げ、顔を近づけて発音する口の動きを見せながら、ゆっくりと話しかける。

その微笑ましい光景になぜだか胸が苦しくなって、璃人は目を伏せた。

発情時に確かに刻まれたはずの、『婚姻印』……それは今また、璃人のうなじから消え失せている。

『婚姻印』を刻まれてつがいになるということは、オメガとしてこの世界の因果に搦め捕られてしま

うということで――それはすなわち、元の世界へ帰ることができなくなることを意味している。

散々ヴィルヘルムとのセックスに溺れて互いに身体を貪り尽くし、発情が鎮まったあと。理性が戻ってからそう実感して、璃人は途方に暮れ、激しい焦燥感に苛まれた。

けれど……いざ、自分のうなじからヴィルヘルムに刻まれた『婚姻印』が再び消えてしまったことを知った時、同じくらいの喪失感と哀しさに襲われた。

――魔獣とは、この世から祝福されず拒絶された存在。と同時にこの世の因果を受け入れることができずに怨みを募らせ、絶望の底に堕ちた存在とも言える。

ダドリーに告げられた言葉が脳裏によみがえって、璃人の胸が重苦しく塞ぐ。

この世界に、そしてヴィルヘルムに惹かれているくせに……どうしても元の世界への未練を断ち切れず、この世界の因果を受け入れることもできずにいる。

そんな自分は、魔獣とどこが違うというのだろう。

「璃人、どうした？　また熱が上がったのか」

ヴィルヘルムがベッドに近づいてきて、璃人の顔を覗き込んでくる。

「りぃとしゃま……ウーしゃま、よんれた」

抱っこされたままのティルが、ヴィルヘルムの襟元をくいくいと引っ張りながら言った。

「呼んでいた？　俺を……？」

驚きの表情を浮かべて尋ねるヴィルヘルムに、ティルはこくりとうなずく。

「う、嘘だ……そんな覚えない、よ」

「うそ、ないっ。りぃとしゃま、ゆってた。なんろも」

否定されてムキになったのか、ティルはピンと耳を立てながらさらに言い募った。

「落ち着け。ティルが嘘をついたりしないことは、璃人もよく知っているさ。だが熱があると意識が朦朧……つまり、ぼんやりしてなにをしたかとか言ったとかがよく分からなくなったりするんだ」

二人のやり取りを聞いて、璃人は呆然とする。

――俺……熱に浮かされて、知らないうちにヴィルの名前を口にしちゃってた……のか。

そう自覚したとたん顔が熱くなって、璃人は二人の視線から逃れようと、がばりと毛布を被った。

「りぃと、しゃま？」

「大丈夫だ……ティル。あとは俺が看るから、今日はそろそろ自分の部屋に戻りなさい」

「ぁい……りぃとしゃま、また、ね」

しょんぼりした声のあと、ドアを開けて出ていく足音がして――そして、静寂が訪れる。

ティルに対する申し訳なさと、ヴィルヘルムに対する恥ずかしさに、璃人はますます顔が見せられなくなって、被った毛布をつかむ手に力を込めた。

「……璃人」

ふいに沈黙を破って名を呼んできたヴィルヘルムに、璃人は毛布の中で身を硬くする。

「璃人の高熱の原因を、事情を知る王宮の侍医や研究者たちに分析させたが……元々ダドリーの魔術で心身ともに磨耗していた上に、前回よりも深く刻まれた『婚姻印』と、それに反発する身体で拒絶反応が強く出てしまったことが原因ではないか、ということだった」

彼の口から語られた『婚姻印』という言葉に過敏に反応して、璃人はビクリと背を強張らせた。

「璃人……独りで苦しまないで、思っていることを俺に教えてくれ。お前の不安を上手く取り除くことはできないかもしれない。それでも……独りで抱え込むよりはきっと、よくなるはずだ」

あくまで真摯に思い遣ってくれる彼の優しさに胸が苦しくなって、璃人はぎゅっと身を縮めると。

「なんで……そんな風に言える、んだよ。いくらよくしてくれたって……俺、ヴィルになんにも応えられない、のに……」

言いながら涙が込み上げそうになって、声を詰まらせる。

「……やはり、『婚姻印』が消えたことを気にしていたんだな」

すると、ヴィルは静かな声でぽつりと呟くと、そっと毛布越しに璃人の頭を撫でてきた。

「璃人……すまない。それは俺こそが背負うべき罪だ。あの時、普通ではない状態のお前に付け込むべきではなかったのに……求めてくれた嬉しさで舞い上がって、もしかしたらと願ってしまった」

苦しげに懺悔する彼の言葉を聞いた瞬間……こらえきれず、璃人は涙をあふれさせる。

「……俺……こ、怖い…んだ……」

嗚咽交じりにそう訴えると、ヴィルヘルムは傍らに横たわり、そっと璃人を抱き締めてきた。

彼のぬくもりと匂いに包まれると、ますます心が脆くなっていくようで……。

「ほ、んとは俺…っ、ヴィルたちが言うような『異界の御子』なんかじゃない、単なる出来損ないで……この世界に馴染めないまま、魔獣に成り果てちゃうんじゃないか、って……ッ」

璃人は毛布から顔を出すと彼の胸にすがりつき、しゃくり上げながら積もる不安を打ち明ける。

今は安定しているように見えても、もしかしたら時を経て『堕落』してしまう可能性もありうると、過去に言い放たれた言葉が心の奥底でどろりとした不安の塊となって絡み付き、璃人を脅かすのだ。

ティルの心を覗いたことがあるからこそ、分かる。この世界の因果から外れた生物——魔獣へと

『堕落』してしまえば、誰にも言葉を理解してもらえず、悲しみや苦しみを訴えるすべもなく、化け物として迫害され……そんな絶望的な孤独の中で生きていかなければならなくなるのだ。

怖い。想像しただけで胸を掻きむしりたくなるほどの恐怖に、どうにかなってしまいそうだった。

「……璃人……」

子供のように泣きじゃくる璃人の頬を両手で包み込み、ヴィルヘルムは顔を覗き込むと、

「これだけは忘れないでくれ、璃人。お前がどれほどこの世界の常識とは異なる存在だろうが、誰がお前を異端だと言おうが……俺は、お前を愛している」

まっすぐなまなざしでそう告げた。

――どうして……この人は、こんなにも俺を想ってくれるんだろう。

肌身に感じる激しくひたむきな情愛に胸が熱くなって……璃人は震える息を漏らした。

「お前を愛しく思っているのは俺だけではないぞ。リアムもティルも、お前に不埒なことをしたあのダミアンでさえも、正気に戻った今は酷いことをしたと悔いて……皆、璃人を大事に思っているんだ。この世界でこれほどまでに愛される璃人が魔獣になどなるわけがないだろう」

触れそうなほど顔を近づけ、ヴィルヘルムはそう言うとフッと優しい微笑を浮かべる。

「ッ……うん…、ヴィル、あり、がと……」

こうして抱き締められて彼の心に触れるたび、へどろのように胸の奥底までつかえていた恐怖と不安が薄れていき、心が軽くなっていくのを感じる。胸にあふれる感謝を伝えたくて、いまだ治まらない嗚咽に震える喉をなんとかなだめ、璃人は懸命に言葉を紡いだ。

ようやく落ち着きを取り戻してきた璃人に、ヴィルヘルムは目を細めると、

「お前が元の世界へ帰りたいと、再び姉に会いたいと思い続けていることは、元より承知の上だ。その上でこの世界に帰ってくることを……俺の傍にいることを選んでもらうために、俺は全力を尽くすと決めたんだ」

力強くそう言い切った。

彼の迷いのないその言葉に、璃人はハッと目を見開く。そうだ。ヴィルヘルムは言っていた。

——竜は一途なのだ。最も尊いつがいの願いすら叶えられず竜の王を名乗るなど許されぬ。お前の願いを叶えるために力を尽くし、俺の持てるすべての力で璃人、お前を守ると誓おう。その上で俺の運命の相手だと認めさせ、絶対に元の世界よりも俺を選ばせてみせる。

あの時から、彼はなにひとつ変わっていない。

その強さに、心が震えて……こらえきれなくなって、璃人はまた瞳から涙をあふれさせる。

「だから改めて約束する。なんとしてもあの男を捜し出し、そして璃人を元の世界に戻す。璃人の心の憂いをなくして、お前を本当の意味で幸せにするために」

ヴィルヘルムはそう誓い、涙の溜まった璃人の目元にくちづけた。

彼に抱き締められながら、璃人はようやく恐怖から解き放たれ、深い眠りの底へと沈んでいった。

そして、璃人が昏々と眠り続けて三日。深い眠りから目覚めた時には、璃人をずっと苦しめていた高熱は引き、起き上がれるくらいに体調がよくなっていた。

目覚めたと聞いたみんなが璃人の下に詰め寄せてきて、大騒ぎになった。

ダミアンはというと……ヴィルヘルムの一撃を受けて気絶していたが大きな怪我はなく、しばらくして意識を取り戻したらしい。

だが今回の一件で、ダミアンに璃人がオメガであるということに気づかれたことを知ったヴィルヘルムは、一部を除いて事情を明かし、もし口外すればそれ相応の処罰を覚悟するように言い渡した。

だが本人が深く反省していたことと、状況が状況だけに一件を表沙汰にはせず、訓告処分のみで終えた――あとからそう聞かされて、璃人は胸を撫で下ろした。

――「処罰なンかなくても絶ッ対口外しないし、二度とおンなじ過ち(あやま)を繰り返したりしない」と言い切ったからな。……もしも違えた場合は、しかるべき措置を講じるだけだ。

ヴィルヘルムが冷ややかな微笑を浮かべてそう呟いた時は、ちょっと怖かったけれど。

校医にも快復したと認められて復学し、璃人は再び学校生活を送るようになった。

驚いたのが、ダミアンの変化だ。前はやたら突っかかってきたのに、復学後は全然寄ってこないし、かと思ったら妙に寂しそう……というか、切なそうな顔でこちらをじっと見ていたりする。

璃人がオメガだと知って以降、明らかにダミアンは距離を置くようになって、離れた場所からなにかにつけて見守ってくれているようだ。他の上級生にも璃人に近づかないように牽制しているという話も聞いて、複雑な気持ちになった。例の一件で罪悪感と責任を感じているなら、そもそもダドリーの呪術のせいだし、もう気にしていないと言ってあげたいけれど、ヴィルヘルムに「下手に情けをかけると余計に苦しめることになるぞ」と釘を刺されてしまい、なにも言えずにいる。

そして、復学してからもうひとつ、気がかりなことがあった。このところいつも誰かに見られているような、なんともいえない違和感を覚えるのだ。もちろん、ダミアンの視線とは別のものだ。

放課後、いつものように予科に行ってレクリエーションルームでティルの勉強を手伝っていると、ねっとりと絡み付くような気配を感じて、ゾクリと璃人の背が粟立った。

「なんか、こぁい……りぃとしゃま」

「え……大丈夫か、ティル」

もしかしてティルもこの禍々しい気配を感じているのだろうか。耳をぴるぴると震わせてすがりついてくるティルに、璃人は内心戸惑いながらも、頭を撫でてなだめた。

「ティル、さいきんふあんがってて……ぼくも、なんだかいやなかんじがするんです」

リアムにまで心細そうな表情でそう言われて、璃人の中の不安が膨らむ。

二人をこれ以上不安にさせないようにその場はなんとか平静を装ったけれど、寮に帰ろうと予科の廊下を歩いていた時、窓の外で校庭の奥にある森の木々が強い風に吹かれて揺れているさまが目の端に映って、ゾクリと璃人の背が粟立つ。曇天の薄暗い景色の中で、まるで生き物のように蠢く森。それ自体が巨大な怪物のように思えて――そう言えば、魔獣と化したティルと遭遇したのも予科のこの森だったっけ、と思い出してさらに薄ら寒い心地になった。

早く戻ろう、と足早に歩いていた時、不意に腕をとられ、ギクリとして璃人は凍りつく。

「璃人？」

しかし怪訝そうに尋ねられ、声の主が誰か分かって、璃人はハァ…ッと安堵の吐息をついた。

「ヴィル、びっくりするだろ…っ。急にやめてくれよ、もう……っ」

「すまない。……少し、気になることがあってな」

恨みがましい思いで睨むと、彼は声をひそめてそう耳打ちし、璃人を物陰へと誘い込んだ。

そしてヴィルヘルムはどこか物言いたげに眉をひそめて見つめてくる。その色香漂う彼の悩ましげな表情に、璃人の心臓がドキリとはねた。

――――え……も、もしかして俺、また発情しかけてる、とか……？

そういえば、ダドリーの策に嵌まり強制的に発情させられたあの一件以来、まだ一度もヴィルヘルムに触れられていない。そのことを意識した途端、衝動的に身体を重ねた時のことが脳裏によみがえり、頰がカァ…ッと熱くなるのを感じて璃人は顔を伏せた。

「ん…？　顔が赤いな。また熱が出たのか？」

ヴィルヘルムはそう言いながら顔を覗き込んで、璃人のひたいに手を当ててくる。心配そうに見つめてくる彼の双眸が間近に迫って、璃人は息を詰め、ピクリと肩を震わせた。

璃人の反応にヴィルヘルムは驚いたように目を見開いたあと、

「まいったな……発情期はまだ先なのに、そんな顔をされると触れたくなってしまう」

ひたいに当てていた手を頰へとすべらせ、困ったように眉を寄せて呟く。

「え……違う、の？」

内心、またヴィルヘルムに愛撫されるのだと思って、痛いほど心臓を高鳴らせていた。また歯止めが利かずに最後まで許してしまったらどうしようという不安と、それでも触れられたいという願望が胸の中に渦巻いて、心は千々に乱れていた。

けれどそれが早とちりだと知り、ぶわっと顔から火を噴きそうなほどの恥ずかしさと居たたまれなさに襲われて、璃人はヴィルヘルムから距離を置こうと身を翻す。

だが、すぐに肩をつかまれて引き寄せられ、璃人は涙目になって睨み付ける。

「は、放せよ…っ。こうやって、紛らわしいことばっかするから……っ」

恥ずかしさと悔しさに任せて言うと、ヴィルヘルムは「確かに」と淡く微笑った。

「もう…っ、さっさとさっき話してた気になることってなんなのか言えよっ」

早く話を変えたくて問いただす璃人に、彼は顔を引き締めると、

「……前に、霊峰の魔素が大量に流れ込んでいる場所の特定ができそうだと話しただろう。あの後の捜索によって、おおよその位置は割り出せた」

低い声でそう告げる。

「え…っ、すごいじゃないか」

ヴィルヘルムが身体を張ってダドリーの手がかりを追っていたのに、自分のせいで突き止められなかったことを申し訳なく思っていた。けれど彼が諦めずに成し遂げたと聞いて、璃人は目を輝かせた。

「喜んでばかりはいられない。――あの男が魔素を集めている先は、この予科を含む士官学校を取り囲む森の地下なんだ」

だが厳しい声でそう返されて、璃人は息を呑んだ。

このところずっと気になっていた違和感、そして先ほども感じた窓の外に広がる森の不気味さは、ダドリーと関係しているのだろうか。そう思うと薄ら寒い心地になる。

「そこから導き出されるのは、あの男が様々な手段でこの士官学校の結界をかいくぐり、この森に魔素を集めて何事かを成そうとしている、ということだ。……おそらく璃人、あの男がずっと執着している『異界の御子』であるお前を狙っている」

重々しく告げてきたヴィルヘルムに、璃人にも緊張が走った。

「璃人も感じているだろう、不穏な気配が満ちてきているのが……。再び深追いして追い詰めたことで、間違いなくあの男の逆鱗に触れたはずだ。その怒りの矛先がお前に向くことになって、また恐ろしい思いをさせてしまうかもしれない」

苦渋をにじませた声でそう告げるヴィルヘルムに、ダドリーの術中に嵌まり暴走しかけたあの出来事が、彼の中で悔恨の記憶として根深く刻まれているのだということが伝わってくる。

「俺……大丈夫だよ」

苦しげに顔をしかめるヴィルヘルムを見つめ、璃人は微笑んだ。

「ヴィルは王様で、国のためにもダドリーの暴走を止めないといけない。そんな責務の中、俺の望みを叶えるために頑張ってくれてること、よく知ってる。だから、俺だって役に立ちたい。全然怖くない、って言ったら嘘になるけど……ヴィルの支えになりたいんだ」

今、自分が言える精一杯の気持ちを込めて告げると、彼は目を大きく見開いたあと、

「ありがとう……璃人。なにがあろうと俺は、お前を守る。俺を信じてくれるか？」

迷いが晴れたように決然とした瞳で問いかけてきた。

「うん、信じてる……ヴィル」

そう答えたのは、偽りなく本心からだった。

こんな風に彼を信頼する日が来るなんて、なんだか不思議な気持ちだ。

違う世界のあまりにかけ離れた常識の差にすれ違い、嘆いていた最初の頃からは考えもしなかった。

そう思うと感慨深くて、ヴィルヘルムをじっとを見つめると、彼は少し困ったように眉を寄せる。

「先ほど言った通り、今は発情の兆しはない。だが……それでも許されるならば、璃人に触れたい」

乞うようにそう告げ、ヴィルヘルムは腕の中にそっと璃人の身体を抱き込むと、

「もし璃人が今、同じように思ってくれているなら……もう少し、こうしていていいか？」

切なげな声で、そう問いかけてきた。

璃人は一瞬、戸惑って……それでも、胸に染み込んでくるようなぬくもりに抗えなくて、おずおずと彼の胸板に顔をうずめる。すると深い吐息とともに抱き締める腕に強く力を込められて、璃人の心臓がギュッと引き絞られるように痛んだ。

――どうしよう、俺……。

自分のことを待っている姉、工場の社長や職場の仲間たち、元の世界を忘れたことはない。それでも、ヴィルヘルムの存在が心の中でどんどん大きくなっているのを認めざるを得なくて……板挟みの思いに、潰されそうに胸が軋んで、苦しくてたまらなくなる。

「璃人……」

震える息を漏らすと、ヴィルヘルムが璃人のあごをつかんで上向かせ、顔を近づけてきた。

痛いほど心臓が高鳴るのを感じながら、璃人は目をつぶる。

互いの唇が触れようとした、その時。

ゴオオォォ…ッ！　と異常な音が鳴り響き、ズズン、と地面が振動する。

「……ッ！」

思わず体勢を崩しかけた璃人の背を支えると、ヴィルヘルムは険しい顔になり、廊下に出た。

璃人もあとに続くと――窓の外には、竜巻のような巨大な黒い渦が森から発生し、木々を激しく躍らせるという目を疑うような異常な光景が広がっていた。

「数名、教官たちに伝達して予科の生徒を避難させ、本科の教官と特待生を中心に腕に覚えのある士官候補生を集めろ。璃人の護衛は絶対に怠るな」

駆けつけた警備兵らにそう命じると、ヴィルヘルムは校舎を出て森へと向かっていった。

「ヴィル……ッ」

「璃人様、いけません！」

とっさにヴィルヘルムのあとを追おうとしたが、厳しい表情の警備兵に阻まれて、璃人は守られてばかりの己の無力さに唇を噛み締めた。

せめてヴィルヘルムの雄姿を見届けなければと、窓に駆け寄って彼の姿を捜そうとした時。

『――異界の御子よ』

脳内に突然、聞き覚えのある声が響き渡って、璃人はハッと視線を上げる。

すると森の上空には、黒い渦が集まり、それは徐々に黒き竜へと変化しはじめていて……禍々しく光る双眸は、まっすぐに璃人へと向けられていた。

『その様子だと我がずっと見ていたことに気づいていなかったようだな。なんともつれないことだ』

これまで感じていた不穏な気配を濃縮させたようなオーラをその身にまとい、巨大な黒竜となったダドリーは璃人に絡み付くような視線を這わせながらそう告げた。

『まさか魔獣と化した者を元に戻しただけではなく、我が練り上げた呪術で生成した魔素まで霧散させるとは思わなかったぞ……おかげで時間がかかってしまったが、無駄なことよ。散らばった魔素もお主の匂いに吸い寄せられ、大量に集まった。そのおかげで我は再び本来の姿を取り戻し、こうして相まみえることができたのだからな』

「……なん、で……」

黒竜から放たれるどす黒い執念に、璃人は心臓が鷲摑みにされたかと思うほどの恐怖に打ち震える。

『戯言をぬかすな、王家の恥さらしが……！』

ダドリーの邪気に呑まれそうな璃人の前に白竜と化したヴィルヘルムが現れ、周囲に満ちる瘴気を討ち払うように咆哮するとともに、繰り出した鋭い爪で黒龍の喉笛をとらえ、引き裂いた。

『本来の姿だと？　竜の中に流れる気高き魔素は、貴様のような魔獣のごとく醜く濁んだどす黒いものなどでは決してない』

毅然と言い放つヴィルヘルムに、しかしダドリーはシニカルな笑みを浮かべると、引き裂かれたはずの黒竜の喉笛にどす黒いもやをまとわせ、見る間に修復していく。

『確かに、「神降ろしの石」を使い、異世界に幾度も干渉し続けた代償として、我は次元の狭間に蔓延する瘴気に呑まれ、この身は魔獣のごとく「堕落」した……すべては、失った我が半身を再びこの手に取り戻す、そのためだけに我は堕ちてなお、今まで生きながらえてきたのだ』

竜化したヴィルヘルムですら、巨大に膨れ上がった黒竜の膝元ほどの大きさしかない。すでに怨念の域にまで達したダドリーの尋常ではない執着心のすべてが向けられるのを感じて、璃人は全身を氷で撫でられたかのような悪寒に総毛立つ。

『——……!?　グアァ……ッ』

その時、四方から一斉に放たれた無数の光の矢が降り注ぐように黒き竜の巨体に突き刺さり、苦しげな唸り声が響き渡る。

あたりを見渡すと、駆けつけた兵士や教官、士官候補生である学生たちがずらりと周囲を取り囲み、白銀の弓を黒竜へと向けていた。だが、それも黒竜が身体を一振るいすると同時に光の矢は霧散し、闇と混ざり合うようにして消えていく。

『うっとうしい……！　有象無象を引き連れて小蝿のように群がるこのようなやり方が、最強を誇る竜の王を名乗る貴様の戦い方か』

睥睨しながら罵るダドリーを、ヴィルヘルムは正面から睨み据えると、

『どうとでも言うがいい。俺は貴様のように自分の力に傲り、己の欲望に取り憑かれた愚かな王にはなるまいと心に決めた』

強い決意を漲らせ、そう宣言した。

『怯むな！　こいつは魔素で膨れ上がっただけの木偶の坊だ。浄化の矢で瘴気を削りきって、中核にある本体を露出させせろ……！』

兵士たちを鼓舞し、ヴィルヘルムも再び攻撃に加わる。

精鋭である彼らの魔力を総動員させて打ち出される光の矢が雨のように降り注ぎ、少しずつ禍々しい黒竜の輪郭を歪め、穿たれるたびに煙のように形が崩れていき——その中心から現れたのは、骸骨のように骨張って鱗はぼろぼろになり、赤黒い眼だけをギラギラと異常なほど光らせた竜だった。

『これが一時は最強の竜の王として名を馳せた者の末路か。哀れな……せめて王を継いだ俺の手で、終わらせてやろう』

黒竜の変わり果てた姿を見据え、ヴィルヘルムはその爪を振りかざす。

「ヴィル…ッ、待って……！」

一瞬、頭の中に邪悪な高笑いが聞こえたような……脳裏に走った不吉な予兆に、璃人は叫んだ。

しかしすでに遅く、ヴィルヘルムの爪は枯れ木のような黒き竜の胸を裂いた――

『――……ッ⁉』

と思った次の瞬間、黒竜はまるで燃え尽きたかのように灰塵と化してさらさらと崩れ去り、それは黒き渦となって舞い上がり、ヴィルヘルムへと襲いかかった。

「陛下⁉　大丈夫ですかッ」

得体の知れない黒塵をまともに浴びてうずくまるヴィルヘルムに、心配した側近が駆け寄る。だが、

『――喚くな、うっとうしい』

ヴィルヘルムは不快そうに唸ると同時に、こともあろうか振り下ろした尻尾で側近を吹き飛ばした。

「……あ、ぁ……」

人が変わってしまったヴィルヘルム。その皮膚が見る見るうちに、見覚えのあるどす黒い紋様で染まっていくのを見て、璃人は不吉な予感が的中したことを悟って慄然とする。

『フハハ…ッ、さすが若く魔力に満ちあふれた身体は違うな』

ヴィルヘルムの姿で勝ち誇ったように笑うその表情は禍々しく……以前、悪しき魔素に呑まれた時のような苦しみの色すらない、完全な闇に染まっていた。

『我に弓を向けた無礼はこれくらいで許してやろう。これからは我が貴様らの王となるのだからな』

ヴィルヘルムの肉体に刃を向けられず、身動きできなくなった側近や兵士たちを見回し、ダドリーはそう告げて、灰となった黒竜の残骸から光るものを拾い上げる。

『貴様らが求めているのはこれであろう?　「神降ろしの石」か……これももう返してやろう。我が求めていたものが見つかった以上、もはやこんなものは不要だからな』

ダドリーの言葉にハッとして、璃人は食い入るようにその光る球体を見た。

――あれが……『神降ろしの石』？

ずっと探し求めていたそれは神秘的な輝きを放ち、ダドリーの手の中にあった。

『ここまで永かったぞ……我が半身を喪って以来、彼の者の生まれ変わりを探し続け――幾度繰り返したか分からぬほどの神降ろしの儀式で、現れるのはこの世界に適合できぬ出来損ないばかりだった。無為に魔力を奪われ続け、最強を誇っていた身体は無惨に朽ちていき、限界を迎えかけていたが……最後にようやく、お主という存在に巡りあえた』

感慨深げにそう言うと、ダドリーはゆっくりと顔を上げ、璃人を見つめる。

『異界の御子よ。我の下に来い』

ダドリーの呼び掛けに、警備兵たちが緊張した様子で璃人をかばい、立ち塞がる。

『……我の邪魔をするということがどういう結末をもたらすか、すでに骨身に沁みているとばかり思っていたが……もう一度、思い知らせる必要があるか？』

ダドリーの恫喝に怯んだ警備兵の隙を突き、璃人は彼らの前に躍り出て、手を広げた。

『ほう。このような木っ端どもをかばうために自らの身を盾にして、我の攻撃を防ぐつもりか？　汝の蛮勇には驚かされる』

「その身体でこれ以上、仲間に手を上げるところを見たくないだけだ…っ。あんた、ダドリーだろ⁉　ヴィル……ヴィルヘルム陛下になにをしたんだよッ」

面白いとばかりに笑みを浮かべて言うダドリーに、璃人は窓を大きく開け放って叫ぶ。

『ふん、考え違いをするでない。我こそが、お主を呼び寄せた真の主君なのだ。「神降ろしの石」の使用直後で魔力が尽き、ヴィルヘルムに出し抜かれてしまったが……』

忌々しそうにそう言うと、ダドリーはゆっくりと璃人に向かって歩を進めてきた。

『だが、今となってはそれも僥倖だった。こうして我にもう一度、若く魔力に満ちあふれた強靭な身体を与えてくれたのだからな。そうだな——見事に悪王ダドリーを討ち、国家の秘宝を取り戻した国王ヴィルヘルムは、異界の御子を伴侶として迎えることで、「異界の御子が姿を消した呪われし国」と噂されるこの国の悪評を吹き飛ばし、さらに強国の王としての地位を盤石なものとする——どうだ、非の打ち所の無い完璧な結末だろう』

「まさか、ずっとヴィルヘルムに成りすますつもりなのか……⁉」

『当然だ。そのために良質な魔素を集めて魔力を高め、機が熟すまで待ったのだからな。異界の御子よ、お主こそが我が運命のつがい——「神降ろしの石」を濫用するという禁忌を犯してまで、永い間待ち焦がれていた、我が伴侶の生まれ変わりなのだ。もう決して逃がしはしない』

淀みなく語られる彼の言葉に、霊峰でのことや、おそらくティルの件すら、ヴィルヘルムの身体を乗っ取るために仕組まれていたのだと悟り、璃人はゾッと背筋を粟立たせる。

『お主もヴィルヘルムと情を交わし、憎からず想っていることは分かっているぞ。そのことを憎らしく思っていたこともあったが……今の我は、ヴィルヘルムと文字通りの一心同体。だから我を愛することも難しくはないはずだ』

「ふざ、けるな……！」

傲岸にそう告げるダドリーに、腹の底から湧き上がる怒りのまま、璃人は叫んだ。

「色んな人を利用し巻き添えにして、あげくヴィルが築き上げたものを全部奪い去って、同じように愛せ、だって？　ずっと見てきたって、あんたは俺の、ヴィルのなにを見てきたって言うんだよッ⁉」

『……なぜだ』

声を張り上げて訴える璃人に、しかしダドリーは理解できない、とばかりに顔をしかめ、呟く。

『我がここまで譲歩してやっているというのに、なぜ、お主は折れぬ？　まだこの世界から抜け出して元の世界へ戻れるなどと夢想し、今の自分の置かれた立場を理解できないというならば……その希望を完全に断ち切ってやろうか……？』

詰問する声が憤怒を帯びると同時に、ダドリーの右手に握り締められた『神降ろしの石』が、ミシミシと嫌な音を立てる。

「やめろ…ッ！」

『神降ろしの石』が壊れてしまえば、元の世界に戻るすべがなくなってしまう――頭によぎった思いに、璃人は悲痛な叫びを上げた。

『――ならば、我の言うことを聞くか？』

その様子を見て、ダドリーはニヤリと笑うと『神降ろしの石』を握ったまま、見せつけるようにその手を璃人に伸ばし、大きな人差し指であごを持ち上げる。

うなずかなければ、ダドリーは躊躇なく『神降ろしの石』を砕いてしまう。そんな確信めいた予感に、璃人は喉元までせり上がった拒否の言葉を告げられず、唇を震わせた。

『どうした？　我はあまり気が長い方ではないぞ』

そんな璃人を弄ぶように、ダドリーはわななく唇に触れ、返答をうながしてくる。

こんな男に絶対に屈したくない……けれど、自分には彼に対抗できるだけの力がない。

──今は……従うしか……。

悔しさに目の前がかすむのを感じながらも、璃人がぎこちなく口を開こうとした、その時。

『……ッ？』

ダドリーが突然、カッと目を大きく見開いたかと思うと、璃人のあごに触れる手を、反対の手でつかみ上げた。

『グア、アァ……ッ』

呻き声とともに物凄い力で手首を捻り上げられた右手から、「神降ろしの石」が零れ落ちる。それを見て、璃人はとっさに身を乗り出して手を伸ばし、『神降ろしの石』をなんとかつかみ取った。

『──璃人』

自分を呼ぶやわらかな声に、璃人はハッとして顔を上げた。

「……ヴィ、ル……？」

恐る恐る尋ねると、目の前の竜は静かに微笑み、

『ああ。璃人……怖がらせてすまなかった』

そう言って、不安定な体勢になった璃人に大きな手を添え、そっと支える。

『一度身体を明け渡し、同化することでこの男の記憶を探っていたんだ。そしてようやく見つけ出すことができた。関連する書籍もすべてを奪い去られ、失ってしまった『神降ろしの石』の使い方を』

ヴィルヘルムはそう告げると、璃人が握り締める『神降ろしの石』を渡すよううながした。

戸惑いながらも璃人が『神降ろしの石』を差し出すと、ヴィルヘルムはそれを手に取り、大きく翼を広げて詠唱をはじめる。

すると『神降ろしの石』は一瞬、璃人の姿を映し出したかと思うと、虹色の光が渦巻くように混ざり合い、まばゆいほどの輝きを放った。

あまりの眩しさに、璃人は目をつぶる。そしてしばらくのち、『璃人』と呼ぶ声に、恐る恐るまぶたを開けると――そこには、『神降ろしの石』から放たれた光に照らし出されるようにして、宙にぽっかりと空いた白い光の渦があった。

『これが……お前の世界につながる門だ。この門をくぐれ、璃人』

ヴィルヘルムは『神降ろしの石』に魔力を注ぎながら、喉を振り絞るようにして告げる。

「ヴィル……でも…っ」

自分の身体を侵食しようとするダドリーの意識を抑え込むだけでも大変なはずなのに、これほど強大な術を使ってただですむとは思えない。

『今はそれ以上、言うな……姉上に会って無事を伝えたら、戻ってきて続きを俺に聞かせてくれ』

泣き出しそうになる璃人に、ヴィルヘルムはそう言って笑ってみせた。

『う、あぁ……ッ』

なおも逡巡していると、突然、ヴィルヘルムが苦しげな呻きを漏らした。

「ヴィル……!?」

『大丈夫だ、行け！　魔力が尽きてしまえば門を維持することができなくなる。それまでに――』

ヴィルヘルムの必死の訴えに、璃人は自分の頬を叩き、グッと腹に力を込める。

――しっかりしろ。これ以上迷うことは、余計にヴィルを苦しめることになるんだ……！

こうしている間にも、彼の魔力も体力もどんどん消耗し、ダドリーに付け入る隙を与えてしまう。

込み上げそうな涙をこらえ、璃人は「分かった」とうなずいた。

こんな状態のヴィルヘルムを残して行くことに、心配と不安で胸が張り裂けそうだった。けれど彼とこの世界で生きていく覚悟が決められない原因が、元の世界への未練にあることは間違いない。

『神降ろしの石』を砕かれそうになってダドリーに従おうとしてしまったのも、落下する『神降ろしの石』をとっさに受け止めたのも、璃人の胸奥に消せない未練があるからこそなのだろう。

不穏な胸騒ぎを抑え、璃人がヴィルヘルムの開いた門をくぐった直後――馬鹿な奴だ――と嘆く声が聞こえたのと同時に、激しい衝撃と目眩に襲われる。

なんとか意識を取り戻して顔を上げると、璃人は見慣れた下町の住宅街の路地に立っていた。

「……あれ？　俺、仕事終わって……どうしてたんだっけ？」

なにか大事なことを忘れている気がして璃人は首をひねり、ハッと思い出す。

「そうだ。姉ちゃんが待ってるんだった」

そう呟いて家路を急ぎ、璃人はたどり着いた小さなアパートのドアを開く。

するとが、驚愕と安堵に顔をくしゃくしゃにして璃人の胸に飛び込んでくる。

「璃人……!?」

なぜかいつも見ているはずの姉の顔が懐かしくてたまらなくて、「姉ちゃん」と口にした瞬間、胸に熱いものが込み上げ、璃人の瞳から涙があふれ落ちた。

＊＊＊＊＊

――夢を、見ていた。璃人の世界とつながる門を保つことで想像以上に魔力が消耗していき、意識が混濁しはじめたヴィルヘルムの脳内に、流れてくる映像。

ドラグネス王国に伝わる秘宝『神降ろしの石』は、稀有な存在であるはずの『異界の御子』を任意に召喚することができるという奇跡を起こすその性質と、膨大な魔力を必要とするために、みだりな使用を禁じ、有事の際の切り札として代々王が受け継いで大切に保管していた。

しかし己の力は最強であると自負する王は、好奇心から『神降ろしの石』を使い――そしてこの世界に一人の少年を呼び寄せた。少年は世界に祝福されし『異界の御子』として異能を授かったのだが、それはずば抜けて高い魔力と……オメガとしての性だった。

王は少年に一目惚れし、当然のごとく『婚姻印』を刻み、自分のつがいとした。

異世界の常識に混乱し、変わってしまった己の身体を受け入れられず、つがいになることに抵抗し、「元の世界に帰してください」と懇願するたび、「なぜ我を受け入れぬ」と激昂した王に組伏せられ……少年はただ、さめざめと泣くことしかできなかった。

その姿に、瞳いっぱいに涙を溜め、「俺はッ、少しでも早く元の世界に帰りたいんだ！」と訴えてきた璃人の泣き顔が重なって、ヴィルヘルムは呻いた。

あの時自分は、なぜ拒まれるのか本気で理解できなかった。この世界では、惹かれ合う本能に従うのが当たり前で、しかも王のつがいになれるということは喜ばしく名誉なことであり、まさかそれを拒み、否定する者がいるなど考えもしなかったのだ。

それでも、そのあと時間をかけて少しずつ互いのことを理解し合えたはずで……。

――果たして、本当にそうだと思うか？

低く問うてくる声に、再び夢の中に意識が引き戻される。時間が進み、少年はだんだん元気をなくしていき……王に対して笑みを浮かべるその目は、以前の輝きを失っていた。

だがやっと素直になってくれたと浮かれ、恋情で盲目となった王は少年の変化に気づかない。

自分は、どうなのか。繰り返し伝えた愛情に璃人は真摯に向き合ってくれて、近頃は自分のことを憎からず想ってくれているのではと自惚れていたが……それも、己の都合のいい解釈で現実をねじ曲げているのだとしたら……。

そんなヴィルヘルムの思いとは裏腹に、少年に受け入れられたと舞い上がった王は、国内外の貴賓を招いて愛するつがいのお披露目をするべく大婚礼を執り行った。

これから本格的に子を作ろうと思っていた矢先、少年が「どうしても家族に自分の無事を報告したいのです。身重になれば移動も難しくなるでしょう。だからその前に一度だけ、元の世界に帰らせてください」と願い出た。

王は渋ったが、すでに『婚姻印』を刻んでつがいとなり、国を挙げての大婚礼で愛を誓った身で裏切ることはないだろう、と再び少年の世界への門を開き、そして――

臓腑を震わせるような慟哭で、ヴィルヘルムは夢から覚める。

――夢……いや、あれは……。

『我もこうして彼の者の世界とつながる門を開き、待ち続けた。異なる世界への干渉という、道理を超える力を行使する代償として襲い来る強烈な負荷に耐え……だが、あやつは戻らなかった……！』

呪詛のように吐き出される声に、ああ、やはり、とヴィルヘルムは暗澹たる気持ちになる。

先ほどまで見ていたのはただの悪夢ではなく、この身体に入り込んだダドリーの記憶だったのだ。

『なにかあったのではないかと門を通じて向こうの世界の様子を必死に探った。そしてようやく見つけたあやつの首からは、「婚姻印」は綺麗さっぱり消え失せ、門も、我の声も、一切気づくことなく通りすぎていった。今まで見たことのない満面の笑みを浮かべて……あの時初めて、我に見せていたすべては偽りだったのだと知った』

嘆きの声は止まず、絶望の言葉を吐き続ける。

『元々在るべき世界に戻ったことで、こちらの世界で起こった身体の変化も、我との婚姻というしがらみも、おそらくはここにいたという記憶すらも……すべての因果から解き放たれてしまったのだ。だからこそ、今一度手にしたならば、どれほど情に訴えられようが決して手放しはしない。そう堅く誓ったというのに、おめおめと元の世界に戻すなど――愚かな奴め……！』

頭の中で響き続ける声に、ヴィルヘルムは驚愕した。

――この世界で生まれた変化も、経験したことの記憶も、すべて消えてしまう、だと……？

元の世界に帰ってもなお、璃人はこの世界に戻ることを選んでくれると信じていた。

それは、自分への気持ちだけではなく、リアムやティル、士官学校の仲間たちとこの世界で過ごした日々で積み重ねた記憶、そして――狡いとは思うが、オメガへと変化した身体は、きっとアルファである自分を欲するに違いない、という考えが頭の片隅にあったことは事実だ。

――俺…、おかしい、んだ……。

忌まわしい呪術に囚われた特殊な状況下だったとはいえ、胸にすがりついてきた璃人から求められた時、確かになにかが変わったと感じた。自分を愛しはじめているのではないかという予感に目眩がするような恍惚を覚え、そして徐々に心を許し甘えるような仕草を見せてくれるようになった喜びを噛み締めて……いつしか、璃人が自分から離れることなど、想像できなくなっていた。

けれど、それらすべてが失われてしまうのだとしたら。

いいや、そもそも……あまりに密度が濃く、もう永い時間共にいると錯覚していたが、璃人がこの世界に来て積み重ねた日々など、元の世界で過ごした年月に比べればどれほどにもならないのだろう。

『己が半身と定め、寿命すら分け与えた伴侶を失った竜の苦しみがいかほどのものか、貴様に分かるまい。どれほど時間が経とうとも、魂の片割れを失った心の穴を埋めることはできず、王としての地位も捨て、禁忌に手を染めて「神降ろしの石」で寿命を削りながら何度召喚しても、願った人は現れず……狂いそうなほどの孤独の中、思い人の生まれ変わりを探し続け、魔獣のごとく成り果てた今もその執念だけでかろうじて生き続ける絶望を……！』

ダドリーが辿った末路が、ヴィルヘルムの焦燥と不安に拍車をかける。

『いくら異界の御子に好かれようと善人ぶったところで、執念深い竜の本質は変わらぬ。これから我と同じ地獄に落ちて、存分に貴様も思い知ることになるであろう』

――璃人が……もう、戻ってこないかもしれない……？

頭をかすめただけで、途方もない絶望と恐怖に精神を蝕まれていき、腸（はらわた）から湧き出す黒い情動が、全身へと膨れ上がっていく。

国を背負うべき王でありながらすべてを捨て、あろうことか国に仇なす怪物に成り果てたこの男のようになってはいけないと、そう自らを厳しく戒めながら生きてきた……そのはず、だった。

なのに、どうしようもなくこの男のことを理解してしまう。

――璃人……もし、お前を失ってしまったら、俺は……。

今となっては自分と璃人をつなぐ唯一の絆である門を決して閉ざすまいと、ヴィルヘルムは襲いかかる膨大な負荷に耐え、少しでも気を抜くと途切れてしまいそうな意識を必死につなぎ止めて魔力を注ぎ続けながらも、己の心のうちにどす黒い闇が広がっていくのを感じていた。

＊＊＊＊

「────…様、お止めください…ッ」

「これ以上続ければ、御身まで危険な状態に陥ってしまわれます……！」

轟音とともに、悲痛な叫び声が聞こえてくる。

あれからどれほどの時が経ったのだろう。

白い光に満ちた空間を抜けて門の外に出た瞬間、目に飛び込んできた光景に璃人は息を呑んだ。

諫めようと近づく側近たちに尻尾を振りかざし、森の木々を薙ぎ倒しながら攻撃するヴィルヘルム。

その美しい白金の鱗には、どす黒い漆黒の紋様が前に見た時よりもさらに大きく広がっていたのだ。

「り、璃人様…っ⁉」

援軍として駆けつけていたサイラスが璃人の存在に気づき、驚愕の声を上げた。

その声に、近寄ろうとする側近を攻撃していたヴィルヘルムがバッと振り向く。

『……戻って、きた…だと……？』

門から姿を現した璃人を見つけると、ヴィルヘルムはどこか呆けたようにそう呟いて、フ…ッと糸が切れたかのようにふらつき、そのままズシン、と重い音を立てて地面に倒れ伏した。

「ヴィル…ッ」

「璃人様ッ、今の陛下に下手に近づいては危険です！」

慌てて近づこうとした璃人を、サイラスが青ざめた顔で立ちはだかり阻む。

「あ…、あのっ。いったいなにが……あれからどれくらい時間が経ったんですか？」

「璃人様が門をくぐられてから数刻ほどかと……しかし異界につながる門は異界の御子を召喚する間開くだけでも莫大な魔力を消耗すると言われています。ただでさえダドリー元国王の妨害を受けながら、異なる世界に干渉するという魔導具の中でも最高難度の術を操る『神降ろしの石』をずっと使用し、門を開き続けるなど……命を削るに等しい行為です。ダドリー元国王の討伐計画しか聞かされていなかった我ら側近は、『神降ろしの石』の使用をなんとかお止めしようと……申し訳ございません…っ」

苦しそうに語るサイラスに、目の前が昏くかすんだ。

やはりそれほどに危険なことだったのだ。それなのに、ヴィルヘルムは……。

「璃人様…ッ⁉」

「ヴィル……ヴィル…ッ、ごめん、ごめんな……俺…っ」

璃人は制止しようとするサイラスを振り払い、ヴィルヘルムの下に駆け寄る。

『ああ、本当に……帰ってきた、のだな……』

だがそう呟きざま、つかみ取らんと伸びてきた竜の大きな手に強烈な違和感を覚え、璃人はとっさに飛び退いてそれを避けた。

『……なぜ、逃げる……？』

苛立ちをにじませるその表情に、璃人の違和感は確信に変わる。

「あんた……ダドリーだろう」

『なにを言って……』

「ヴィルヘルムは、俺が怖がることをしないように、っていっつも気にかけてくれてた……！　そんな風に強引につかみ取ろうとなんてするわけないっ」

もしなにかのはずみでしてしまったとしても、ヴィルヘルムなら怖がらせてしまったことを申し訳なく思ってくれる。決して目の前の竜のように苛立ち、さらに威嚇するようなことはしない。

「あんた、ヴィルに何をしたんだよ！　ヴィルを返せ……ッ」

璃人の叫びに、竜は開き直ったようにクッ、と口許をつり上げて悪辣に笑むと、

『――ヴィルヘルムを闇に堕としたのは、お主だ。異界の御子よ』

ギロリと鋭い眼光を向け、そう突きつけてくる。

『竜にとって、己が一生を捧げると誓った者が傍らからいなくなる、ということがどれほどの絶望をもたらすか、理解できないであろう？　汝にとってはたかが数刻が、我らにとって永遠にも思える地獄であることも……でなければ、この者の危機を放り出して元の世界に帰ったりできまい。結局、この愚かな竜へ向けるお主の愛情など、その程度のものであったということよ』

皮肉げに吐き捨てたダドリーに、璃人は自分が選択した行動の罪深さを思い知らされ、押し寄せる罪悪感に唇を食いしばった。

『ならば我でよいではないか。お主をこの世界に呼び寄せたのはヴィルヘルムではなく、我だ。我こそが、お主の運命のつがいなのだ』

ダドリーにぶつけられる言葉に、胸が軋む。だが、

「……俺は、あんたの思い人の生まれ変わりなんかじゃないよ」

璃人は必死に気持ちを奮い立たせると、キッとダドリーを見据え、言い放った。

「あんたはそうやって自分の気持ちを押し付けることしかしない。きっと、思い人がどんな気持ちでいたか知ろうともしなかったんだろう？　……だから、二人を繋ぐ絆の糸が解けたんだ」

そうでなければ、互いに代わりでいいだろうなどという馬鹿げた言葉が出てくるわけがない。

「俺は、ヴィルを信じてる……！　どれだけ不安や不信感をぶつけても、それを全部受け止めて、まっすぐに気持ちを伝えてくれたから、俺にも、ここに居場所があるんだって思えるようになったんだ。ヴィルのその心の強さを信じてる。だから絶対、あんたなんかに負けるもんか…っ」

――俺の傍にいることを選んでもらうために、俺は全力を尽くすと決めたんだ。

そう言ってくれたヴィルヘルムだからこそ、自分は彼を信じて門に飛び込んだのだ。

「ヴィル……聞いてるんだろう？　俺、戻ってきたよ。ヴィル……あなたを、どうしようもないくらい愛してるって、気づいたから」

今は赤黒く濁ってしまった竜の双眸を見つめ、奥に眠っているだろうヴィルヘルムに語りかける。

『なぜだッ。あやつは戻ってこなかったのに、お主は戻って……ヴィルヘルムばかりが、なぜ…ッ!!』

失ってから本当に大切なものに気づく。そんな後悔を、もう二度と繰り返したくない。

「ヴィルに聞けばいい。ヴィルが俺にどんなことを言って、どんなことをしてくれたかを」

璃人がそう告げると、竜眼に強い光が戻り、徐々にその輝きは全身へと広がっていく。

『……ッ、クッ……ヴィルヘルム……やめ、ろ……やめろオォ……ッ』

ビクン！　と激しく痙攣したかと思うと、突然、ダドリーは頭を抱えて苦しみはじめる。

ダドリーがヴィルヘルムに干渉できるというのなら、逆もまた然りだろう。

巨体がもんどり打ち、周囲の木々を倒し、土煙を上げる。その体内にあるヴィルヘルムとダドリー、相反する意識同士がどれほど激しく戦っているかを思い知って、璃人は祈るように拳を握り締めながら、その様子をただ見守るしかできない自分に歯嚙みする。

しばらくもがき苦しんだあと、ダドリーは呆然とした表情で、

『我、は……ただ、愛して欲しかった、だけ……なのだ』

ぽつりと零し、力尽きたように動きを止めた。

彼はこれまでその想いをどのようにして伝えればいいか、知らずにいたのだろう。

「……ダドリー……」

彼のしたことは、許されることではない。それでも、愛情を渇望するその姿に胸が締めつけられて、璃人は横たわる竜に歩み寄ると、精一杯手を回してその首を抱き締める。

『あ、ぁ……こうすれば、よかったのか』

震える声で呟いて璃人を抱き締め返してきた竜の瞳から、一粒の涙が零れ落ちた。

その直後、竜の身体を覆っていたどす黒いもやが淡い光の粒子へと変化していき、それは徐々に繋がり、大きな光となって包み込んでいって――やがて、鱗はまばゆい白金の輝きを取り戻し、神々しいほどの存在感を放つ。

『――璃人』

やわらかな笑みを浮かべた口から発せられた呼び声に、璃人はハッと顔を上げた。

「ヴィ……ル……？」

恐る恐る尋ねると、白金に輝く竜は大きくうなずく。

「ヴィル……ヴィル……ッ」

璃人は繰り返し名前を呼んで、その胸に抱きつくとこらえきれず涙をあふれさせた。

『ああ……璃人、本当に戻ってきてくれたんだな……』

噛み締めるように呟くヴィルヘルムの声はかすかに震えていて……それだけで彼がどれほど大きな不安と恐怖に苛まれていたのかを悟り、璃人は激しい後悔に苛まれる。

「お、遅くなって、ごめん……俺…、おれ……ッ」

謝罪の言葉を告げようとする璃人のわななく唇に、竜の分厚い指がそっと触れると、

『お前が今、ここにいる。……それだけでいいんだ』

ヴィルヘルムは目を細め、微笑んだ。

「……ヴィル……」

胸がジン…と熱くなって息を震わせると、白金の竜が顔を近づけてきて、璃人は瞳を閉じる。唇が竜の大きな口と触れた瞬間、腹の底からカッと沸き立つような熱を覚えて、ビクンと背をしならせた。

「あ、ぁ…ッ、なに、これ……？」

『璃人……もしかして、発情しているのか……？』

うろたえる璃人の瞳を覗き込み、彼はハッとした様子でそう尋ねるとそっと腰に触れてくる。

ただそれだけで痺れるような甘い疼きが走り、ビクン、と大きく震えて反応してしまう。

そんな璃人の身体をヴィルヘルムは無言で抱き上げ、近くにある礼拝堂へと運んでいった。

礼拝堂の扉をくぐり主祭壇の前に降り立つと、ヴィルヘルムは人の姿となって璃人を抱き締める。

「……ヴィル、俺……っ」

ヴィルヘルムの体温や匂い、そして厚みのある逞しい胸板の感触やその鼓動を感じるだけで、どうしようもなく気持ちが高ぶり、身体が火照って……すがるように彼を見上げる。

「今、恐らく璃人は本格的に発情している……このまま衝動に身を任せてしまえば、俺の子を孕んでしまうかもしれない。その覚悟はあるか……？」

「俺が、なんのためにこの世界に戻ってきたと思ってるんだよ」

情欲に上ずった声で、それでも必死に抑えようと苦しげに眉を寄せて尋ねてくるヴィルヘルムに、璃人は微笑んだ。

「あなたとずっと一緒にいたいんだ。だから……俺をつがいにして欲しい、ヴィル」

心のままにそう打ち明けると、うなじをつかまれ、強く引き寄せられ、唇を塞がれる。

「んぅ…ッ！　ふぁ…、んんっ」

入り込んできた舌に口腔をまさぐられ、舌を搦め捕られ、急くように深くなっていくくちづけに璃人は息を喘がせた。

喉奥まで舌が這わされ、唾液を舐めすすられて……激しいくちづけを繰り返されながら、髪を梳かれ、耳の後ろを撫でられて、後頭部にゾクリとした痺れが走る。ヴィルヘルムの愛撫で身体中、思いもしなかった快感のツボを教え込まれてきたけれど、これまでとは比べ物にならないほど感覚が鋭敏になっていて、沸き上がってくる己の情欲の強さに恐ろしさすら感じて璃人はおののく。

するとヴィルヘルムはくちづけを解き、璃人のわななく唇から零れる唾液を舐め取ると、

「すまない。嬉しくて、どうにも気持ちが高ぶってしまって……性急すぎたか…？」

熱い吐息交じりに尋ねてくる。そんな彼の優しさに、璃人の胸がきゅっと甘く痛んだ。

「う……ん……でも、俺も……その、身体が火照って、苦しくてたまらなくて……だから」

少し怖いけれど、やめてほしくない。そんな矛盾した気持ちと、募り続ける情動を持て余し、璃人は彼の手を取ってくちづける。

「この手で、もっと触って……その舌で、いっぱい舐めて欲しい。ヴィル……」

衝動に突き動かされ、璃人が願望を告げた。

「ああ……璃人」

彼は感動に打ち震え、璃人の赤くなった頬、そして耳元へとくちづけながら上着を脱がせてくる。

「すごいな、もうこんなに濡れているのか……」

上着を取り去ると、すでに璃人の胸の先から分泌液があふれ、ワイシャツを濡らしていた。それを見たヴィルヘルムは欲望にかすれた声で呟き、璃人の胸に顔をうずめ、胸の先に舌を這わせてくる。

「んぁ……ッ、くぅ……ヴィ…ル…っ」

さらに胸の先をちゅくちゅくと唇でしごくように吸われ、ただでさえ敏感になっている粘膜に与えられる刺激に、璃人はビクビクと背を波打たせる。

脚に力が入らなくなった璃人の身体を緋毛氈の上に横たわらせると、ヴィルヘルムは胸の先ににじみ出す分泌液を音を立てて舐め取っていく。その間にもヴィルヘルムは璃人のトラウザーズを脱がせ、下着を押し下げると双丘の狭間へと指をもぐらせてきた。

「乳首だけじゃなく、後孔まで愛液をしたたらせて……ああ、璃人……淫らで可愛くて、どうにかなってしまいそうだ」

あふれ出す愛液に濡れた後孔に指を這わせると、彼は愛しさと興奮の入り交じった呟きを漏らす。

「んあぁ…ッ！　あぁ…っ、や、ぁ……」

濡れたワイシャツも脱がされて、あらわになった胸の先を舐めねぶられ、すでにしとどに濡れそぼった後孔、そして内奥にあるオメガの器官にまで指を突き入れられて、動かされるたびにじゅぶじゅぶと淫らな音を立てながら、腫れぼったく熟れた内壁を擦り立てられる。

疼く粘膜を刺激される快感に、璃人の腰は自然に跳ね、さらなる刺激を求めて揺らめいてしまう。

「んぁ…っ。あぁ……もう、あなたが欲しい……ヴィル…ッ」

「璃人……ッ」

沸き上がる欲求にこらえきれず懇願すると、ヴィルヘルムはぶるりと頭を振るい、璃人の脚を抱え上げて、後孔に猛々しくそそり勃つ欲望を突き入れてきた。

「くぅ…ッ、んあぁ……んんっ‼」

恐ろしいほどの質量を持った熱塊に内奥深くまで押し開かれていく圧迫感に喘ぎながらも、求めていた熱に内奥を満たされた快美感が全身を走って、璃人は彼の背にしがみつく。

「ッ……璃人」

名前を呼ばれ、衝撃にきつくつぶっていた目を開く。すると情欲に濡れた互いの視線が絡み合い、引き寄せられるようにして自然と唇が重なり合った。

ヴィルヘルムは何度も角度を変えて璃人の口腔を堪能しながら、腰を蠢かせてくる。

「んぅ……くぅ…ん…ッ」

口腔から喉奥まで舌を這わされて、内奥深く穿たれた昂ぶりに粘膜をこね回される。身体の深部を同時に擦り上げられ刺激されて……気の遠くなるような快感に璃人の身体はとろけ、熱を上げていく。

「ぁ、んん…ッ！　もっと、ヴィルぅ……っ」

鼻にかかった甘え声を漏らすと、いつの間にか口の中にあふれていた唾液が唇の端から伝い落ちる。

次から次に込み上げてくる情動の強さに怯えつつも、璃人は瞳を潤ませて彼を求める。

「ああ……もっとだ。もっと俺を求めてくれ、璃人……っ」

幾度もくちづけを繰り返しながら、彼もまた欲望もあらわに唸ると、璃人を強く引き寄せてくる。

「ひあぁ…ッ!?」

グッと両手で腰をつかまれ、一際奥深くまで昂ぶりを突き入れられた、と思うと同時にうなじへと牙を立てられて、璃人は大きく目を見開く。そのまままきつく食まれた瞬間、痺れるような鮮烈な愉悦に見舞われ、璃人は彼の背にしがみつきながら極まった。

「あ、ぁ……ヴィル…ぅ……っ」

甘く疼くような悦びに全身が打ち震え、ヴィルヘルムに与えられる熱と快美感に身も心もとろけて、もはや目の前の彼のことしか考えられなくなる。

「璃人……ッ！」

唸り声とともに、すでに充分なほどに滾っていると思っていた彼の昂ぶりが、璃人の中でさらに逞しく膨張し、存在感を増した。

「ん、ぁ…ッ、また、大きく……っ」

信じられないことにまだ限界ではなかったのだと知り、璃人はおののく。けれどその喘ぎ声には、隠しきれない悦びがにじんでいた。

「ッ……璃人……璃人……‼」

彼は強く腰を振ると咆哮し、昴ぶりを最奥まで押し込んで、璃人の中に欲望を解き放つ。

「……あ、ぁ……」

己の内部に熱い子種を注ぎ込まれていく。その感覚に感極まって、璃人は瞳から涙をあふれさせた。

彼の昂ぶりは璃人の中に欲望を解き放ってもなお逞しく漲ったままで、再び力強く律動をはじめる。

「や、あぁ…っ、すご、ぃ……こんな……んんッ‼」

達したばかりで過敏な内膜を擦り上げられ、己の愛液と彼の精液に濡れそぼった中を攪拌(かくはん)される。

そのあまりに強い愉悦に、璃人は涙声を漏らしながらも恍惚となって彼を味わう。

「璃人、愛している……愛しているんだ……ッ」

腰の動きはさらに激しさを増し、思い切り突き上げられる。

「あ、ぁ……ヴィル……おれ、も……んあぁ…ッ！」

身体の奥深くまで昂ぶりを迎え入れて、あまりの快感に打ち震え、璃人の腰は大きく跳ねる。

汗にぬめる身体を擦り合わせ、さらに結合を深めようと二人は狂おしく互いを求め合う。重なる肌も粘膜も溶け合って二人の境目が分からなくなってしまいそうな、そんな錯覚すら覚えてしまう。

狂おしく貪ってくる彼に、璃人の唇からはひっきりなしに熱い吐息と喘ぎ声が零れ落ちる。

ヴィルヘルムに身体の深いところまで穿たれ、幾度も彼の子種をあふれんばかりに注がれて中を満たされていく快感に、璃人は酩酊するように溺れていった——

礼拝堂のステンドグラス越しに差し込む色とりどりの光をぼんやりと眺めているうちに、意識が徐々にはっきりしてきて、璃人はゆっくりと目を開いた。

「大丈夫か？　……完全に発情に呑まれて、無理をさせてしまったな」

すると心配そうに覗き込んでくるヴィルヘルムの顔が視界に飛び込んできて、璃人は気恥ずかしさに肩をすくめ、小さく「大丈夫」と返す。長く続いた発情もなんとか治まってくれたらしく、ようやく身体に渦巻いていた激しい熱も引いて、頭が働くようになっていた。

「あの…さ、ここにこもってどれくらい経った？」

「俺も少し前に目覚めたばかりで正確には分からないな。数日以上経っているのは確かだが」

気になって尋ねてみると、さらりとそう返されて璃人はぎょっとする。

「そんなに……⁉　まずくない？　もしかして、みんな心配して覗きに来てたりしないかな」

「それに関しては問題ない。愛するつがいとの巣籠もりの時には、決して邪魔が入らないよう強力な結界を張っているからな」

ヴィルヘルムにそう告げられて、璃人はひとまずホッと安堵の息をついた。

「……夢、みたいだ」

ふいにぽつりと零された呟きに、璃人が「え？」と彼を見上げると、強く肩を引き寄せられる。

「璃人……お前が戻ってくるか、不安で仕方なかった……」

離れていた時のことを思い出したのか、切なげなまなざしで見つめてくるヴィルヘルムに、璃人は申し訳なさと愛しさが込み上げて、狂おしく胸が締め付けられた。

「ごめん……俺、一瞬あなたのこと、忘れかけてた……けど、これのおかげで思い出せたんだ」

璃人は傍らに落ちていた上着の内ポケットを探り、取り出したものをヴィルヘルムに見せる。

それは、黒ずんだ鱗だった。以前彼が変貌した時、毒素を出すために傷つけた腕から落ちたものだ。

「そうか……ダドリーに言った『二人を繋ぐ絆の糸』、それをお前は見失わないでいてくれたんだな」

震える声でそう告げて抱き締めてくるヴィルヘルムに、璃人も涙ぐみながら微笑んだ。

記憶を取り戻した璃人は、覚悟を決めて姉にこれまでのことを話した。異世界だなんて突拍子もない話、理解することは難しいだろうと思っていたのに、姉は「私は璃人を信じる」と言ってくれた。

「そしたら姉さん『私にも恋人できたんだ』って言って、その人を呼び出して会わせてくれたんだ」

突然の報告にびっくりする璃人の前に現れたのは、勤め先の工場の社長だった。璃人が消えたショックと不安に苛まれる姉を、ずっと傍で支えてくれていたと聞かされ、璃人は心から安堵した。

「あなたにも、大切な人ができたんでしょう?」と問う姉に、璃人はうなずいて、「俺は絶対に幸せになるから、姉さんも幸せになってほしい」と告げた。そして社長に「姉をよろしくお願いします」と改めて頭を下げ、再びこの世界に戻る決意をしたのだ。

姉にまた別れを切り出すのはつらかったけれど。

「――でも、後悔はしてないよ、俺」

元の世界を離れる寂しさはあるけれど……この世界にはヴィルヘルム、そしてリアムやティル、ダミアンたち士官学校の仲間、自分を想ってくれるみんながいる。

凛然と言い切った璃人に、ヴィルヘルムは感極まった様子で目を細めると、

「ああ……俺を選んでくれたことを、絶対に後悔させたりはしない。璃人……」

そう言って、誓うように璃人の唇にくちづけを落とした。

epilogue

「りひとー、だっこ！」

授業が終わり、寮に戻って入り口のドアを開くと、元気な叫び声とともに小さな身体に勢いよく飛びかかられて、璃人は思わずたたらを踏む。

「うわっ。……こら、カイ。いきなり飛び出してきたら危ないだろう？」

「だって、りひとかえってくるのおそいんだもん。まちくたびれたぞ」

生えはじめの小さな角が覗く黒髪をくしゃりとかきまぜて璃人が注意すると、カイはぷうっと丸っこい頬をますます膨らませた。

「りぃと……おかえりなさい」

もう一人、とことこと金髪の幼児が璃人の傍まで近づいてきて、出迎えてくれる。

二人に向かって手を広げると、カイは待ってましたとばかりに飛び付いてきて、アーベルも嬉しそうに笑ってぎゅっと璃人にしがみついてくる。

アーベルとカイ、この双子の男の子は、璃人とヴィルヘルムの子供――そう、あの礼拝堂での巣籠もりの間に授かった子たちだ。

巣籠もりのための結界が張られたことで、璃人が国王であるヴィルヘルムとつがいとなったことはサイラスたち側近だけではなく、ダドリー討伐の援護に駆り出された生徒たちにも知られるところとなった。

当然、璃人がオメガであることも明るみになった。その後妊娠したこともあって、一度は士官学校を離れたが、出産と育児のために休学したあと、こうして再び学校に戻ることができたのだ。

正式に士官学校の学生となったティルは、進級したリアムとともにいまや璃人の同級生となっていた。そしてダミアンはあのあと順調に卒業し、近衛兵として王宮やこの士官学校の護衛の任務に就いた。おかげで復学後も賑やかな学校生活を送ることができている。

ヴィルヘルムの隣に胸を張って立っていられるよう、もっと力を手に入れたかった。それに他にも、オメガでも力を付けたいと考えている人たちはきっといるはずだ。その人たちのためにも、オメガでもできるのだという前例に自分がなれたら……なんて思っている。

そんな璃人の希望を叶えるために、ヴィルヘルムはオメガもドラグーンロウ士官学校に入学できるように制度を改正し、オメガ専門の寮まで作ってくれた。

今はまだオメガの生徒は璃人のみで、寮は独占状態だ。おかげでこうしてアーベルとカイ、二人の子供と一緒に過ごすことができている。そして、もちろん――

「あ……ヴィル、戻ってきたみたいだ」

気配を感じて通路の奥へと向かうと、光を放ち出した壁の一部からヴィルヘルムが姿を現した。

「ただいま、璃人。アーベル、カイ、いい子にしていたか？」

彼は出迎えた璃人に目を細めて微笑むと唇にくちづけ、二人の子供たちの頬にも軽くキスする。

ヴィルヘルムは王宮の主寝室につながる通路をこの寮に作り直し、寮監も兼務して、執務の時以外はほぼこの寮で一緒に暮らしている。

「おかえり、ヴィル。……最近、また忙しそうだね」

「璃人も他人事ではないぞ？　そろそろ大婚礼に向けての準備を急がなければならないからな」

ヴィルヘルムはそう言って、愛しげに璃人のうなじに触れる。

そこには、もう消えることのない婚姻印が鮮やかに刻まれていた。

大婚礼というのは、国王の伴侶をお披露目するために行うものだそうだが、今回は特にドラグネス国王が異界の御子をつがいに迎えたという慶事を広く世に知らしめるため、他の十二人の神獣王をはじめとする国内外の王侯貴族や国家元首、外交官などを招き、国を挙げて盛大に大婚礼を執り行いたい――ヴィルヘルムからそう聞かされたのは、正式に彼のつがいとなった時のことだ。その直後に璃人の妊娠が分かって延期していたが、色々と一段落ついた今、改めて大婚礼を行うことにしたのだ。

「大婚礼、かぁ……復学もしたし、俺も頑張らないと」

璃人の呟きに、カイとアーベルが「おれもおれも！」「ぼくも、がんばる」としがみついてくる。

「そう気負うな。璃人は俺の、竜の王の愛し子だと皆に知らしめたいだけだ。だからいつも通りの璃人でいればいい」

そう言ってヴィルヘルムは璃人の腰を抱き寄せてくる。

ヴィルヘルムの婚姻印が刻まれたとともに寿命の半分を分け与えられた璃人は、おそらくこの世界の中で長い時を過ごす。

きっとこれからも様々なことが起こると思う。それでも、相変わらず過保護なほど一途に愛してくれるヴィルヘルムと、可愛い双子のアーベルとカイ。大切な家族がいてくれれば、いくらでも乗り越えてみせる。

腕に抱えている双子ごと抱き締めてくれるヴィルヘルムの力強い腕の中で、璃人は幸せを噛み締めつつ、決意して瞳を閉じた——

あとがき

今回はタイトルから「跪く」と、攻めが受けにいわゆる「惚れた弱み」というやつをガッチリと握られてしまっている作品となりました。

今回の攻め、ヴィルヘルムは自身の強大な力や権力をもってしてもままならない異界の御子、璃人を愛してしまったおかげで暴走しそうな己の本能や心のうちに渦巻く嫉妬、あげくの果てに他の男たちとも必死に戦わなければいけなくなったわけですが、ここまで受けに弱い攻め、というのは初めてで、書いていてとても新鮮で楽しかったです…！

男を惑わす特異体質になってしまった璃人の苦悩と奮闘とともに、読んでくださった皆様にも楽しんでいただけるといいなぁ。

感想などありましたら、ぜひお聞かせくださるとうれしいです。

そして今までにない難産で、今回、関係各位の皆様には本当にご迷惑をおかけしてしまいました……。

見放さず辛抱強く付き合って下さり、色々と便宜を図ってくださった担当様。本当にありがとうございます…！

今作を美麗なイラストで彩ってくださった黒田(くろだ)先生。ご体調の悪い中、無理をさせてしまって本当に申し訳ありませんでした……！

そして、この本を買ってくださった皆様に、最大級の感謝を。こうして発刊にまでこぎつけられたのは、ひとえに皆様の支えのおかげで、その有り難さをしみじみと噛み締めております。

今のこんな時代だからこそ、創作の力が必要だと強く思います。見ていて心が沸き立ったり、癒されたり……そんな作品を作り出せるように頑張りますので、これからもどうぞよろしくお願いいたします。

眉山(まゆやま)さくら

金獅子と氷のオメガ
井上ハルヲ
れの子 イラスト
the gold lion and the ice omega
Haruo Inoue
CROSS NOVELS

CROSS NOVELS をお買い上げいただき
ありがとうございます。
この本を読んだご意見・ご感想をお寄せください。

〒110-8625
東京都台東区東上野 2-8-7　笠倉出版社
CROSS NOVELS 編集部
「眉山さくら先生」係／「黒田 屑先生」係

CROSS NOVELS

神竜王は異世界オメガに跪く
〜発情の白き蜜〜

著者
眉山さくら

2022 年 8 月 23 日　初版発行　検印廃止

発行者　笠倉伸夫
発行所　株式会社　笠倉出版社
〒110-8625　東京都台東区東上野 2-8-7　笠倉ビル
［営業］TEL　0120-984-164
FAX　03-4355-1109
［編集］TEL　03-4355-1103
FAX　03-5846-3493
http://www.kasakura.co.jp/
振替口座　00130-9-75686
印刷　株式会社　光邦
装丁　河野直子（kawanote）
ISBN 978-4-7730-6340-0
Printed in Japan